古道雄关十八盘

葉連松

　　凡是滦平的人，都知道有一个十八盘；凡是从滦平走出去的人，都深深眷恋十八盘；凡是想来滦平的人，都强烈憧憬去探访十八盘；凡是一睹古驿道风采的人，都会终生铭记十八盘！

图书在版编目（CIP）数据

古道雄关十八盘 / 邓秀军，汪贵主编 . -- 北京 ：
北京燕山出版社，2019.12
ISBN 978-7-5402-5568-8

Ⅰ . ①古… Ⅱ . ①邓… ②汪… Ⅲ . ①散文集－中国
－当代 Ⅳ . ① I267

中国版本图书馆 CIP 数据核字（2020）第 009458 号

古道雄关十八盘

主　　编：邓秀军　汪贵
责任编辑：王月佳
出版发行：北京燕山出版社有限公司
社　　址：北京市丰台区东铁匠营苇子坑 138 号 C 座
电　　话：010-65240430（总编室）
传　　真：010-63587071
印　　刷：承德金鼎源彩色印刷有限公司
开　　本：787mm×1092mm　1/16
字　　数：153 千字
印　　张：12.75
版　　次：2021 年 4 月第 1 版
印　　次：2021 年 4 月第 1 次印刷
定　　价：48.00 元

序言

古道雄关十八盘

臧文清

京畿重地，紫塞承德，是京津冀重要的水源地和生态涵养区。这里有秀美的山川景观，这里有良好的生态环境。在3.95万平方公里的广袤土地上，以塞罕坝为代表的3360万亩浩瀚林海，像绿色的长城护卫着华北大地的碧水蓝天。美丽的潮河、滦河在这里发源、流淌，像一对深情的姐妹，用甘甜的乳汁哺育着京津大地数千万的中华儿女。

巍峨的燕山山脉是承德大地雄起的脊梁。它横亘于中原与东北亚之间，形成了一道险峻的地理阻隔，是拱卫首都北京的天然屏障。穿越燕山山脉、途经承德大地的辽西通道，自古以来就是连接中原农耕文明与东北亚游牧、渔猎民族和朝鲜、日本的交通要道。这条通道对中国古代历史走向影响巨大。红山文化傲然兴起，山戎部落烟消云散，飞将军李广弥节白檀，魏武帝曹操北征乌桓，辽太祖枕戈幽燕经略中原，清圣祖山庄避暑秋狝木兰，一条古道见证了中华民族五千年的风风雨雨，汇聚了中华文化的灿烂和辉煌。

今天，走进普通话之乡承德滦平，在巍峨高耸的十八盘梁上，你依然能找到这条古老的通道。走在这条古道上，你可以清晰地看到石质路面上历经千年车辆行驶留下的深深辙痕，可以从路旁古寺庙的遗址和残缺的摩崖石刻上感受到这里曾经拥有过的壮美与繁华。

十八盘，古称摘星岭，又名德胜岭、思乡岭，是出古北口穿越燕山山脉必须经过的第一座大山。在这里，古道自南向北，盘道十八弯迂回至山顶，地势十分险要。秦汉时期，这里就是穿越燕山、沟通南北的重要关隘。宋辽时期，这里更是上京（今巴林左旗）通往南京（今北京）的必经之地。"澶渊之盟"后的一百多年间，宋辽使节往来不断，历史名人王安石、包拯，文学泰斗欧阳修、苏辙，科学巨匠沈括、苏颂的足迹都曾至此，并留下许多不朽的诗篇。

"昨日才离摸斗东，今朝又过摘星峰……出山渐识还家路，骑御人人喜动容。"这是宋代名臣苏颂出使辽国三载还朝途经摘星岭时吟咏的欢快之作。悠长的古道在动人的诗词中见证了宋辽一百二十多年和平通好、百姓安居乐业的美好时光。

宋辽通好的百年和平带来的是中华大地民族的大融合和经济的大发展。在帝王将相、文人墨客频繁往来的同时，中原的丝绸、茶叶、食盐，北方的马匹、皮革和东北亚的山参、海货等商品交易也在这条古驿道上兴盛起来。交往极盛时，在辽国境内遍地宋钱，两国亲如一家，这条通往东北亚的丝绸之路迎来了历史上最耀眼的辉煌。这一百多年时光，十八盘两侧，在今天的雄安新区和内蒙古巴林左旗之间的宋辽驿道，俨然成为一条民族融合之路，文化兴盛之路，经济繁荣之路，和平发展之路。

"其兴也勃焉，其亡也忽焉。"纵观两千多年的历史，十八盘古道见证了众多民族的兴亡和政权的更替。而每一次政权的更替和民族的兴亡所伴随的征战杀伐，都会给当时的百姓带来无尽的灾难。登上这条古老的驿道，看着那残破的戏台、残缺的碑刻和古寺庙遗址上的残砖断瓦，不禁令人千般感慨涌上心头。"伤心秦汉经行处，宫阙万间都做了土。兴，百姓苦；亡，百姓苦。"以史为鉴，只有民心的凝聚，民族的团结，国防的强大，国家的强盛，才能带来经济的繁荣和百姓的幸福安宁。

今天，在中国共产党的带领下，中华民族迎来了前所未有的繁荣和富强。中国正在跳出黄炎培的历史周期律，为所有的普通百姓谋求长久的和平，幸福和安宁的生活。

今天，在古道边生活的乡亲们也像这条古道一样纯朴而富有内涵。普通话标准音采集地拉海沟，著名电影艺术家李文化的家乡于营，国家级非物质文化遗产大店子抢花，省级非遗桃木雕刻，宋辽驿道文化民俗村大东沟，百年评剧民俗村三道沟，一个个极具生命力的文化符号在古道边跳动。人们在厚重的文化传承中感受着国家富强带来的幸福和安宁。作为一名滦平走出来的军人，我能够感受到那种民族文化传承中所蕴含的最朴素的力量，这种力量正伴随着新时代文化繁荣和祖国发展的脉搏一起跳动，共振着中华民族伟大复兴的时代梦想。

离开家乡很久了，我的乡亲们还生活在这条古道边，用自己的探索、思考和情感来记录这条古道的古往今来，这是他们的坚守，也是他们无数人的梦想。今天，我十分欣喜地看到了这部书稿的诞生和这个梦想的实现。

翻开《古道雄关十八盘》，厚重的文字，记录了十八盘古道两千年来的历史变迁，也记录了古道边纯朴的人们对历史变迁朴实的理解，记录了滦平人对新时代美好生活的执着追求和美好向往。

阅读这部书稿，感觉每一篇文章，都像一丛质朴的花朵，汲取着流淌千年的文化滋养，在悠长的古道边欣然绽放。真诚希望每一位读者，都能够有机会到我的家乡滦平，沿着那条历经沧桑的古驿道，登上那座俯瞰燕山群峰的十八盘，寻访千年古道上的动人故事，

古道雄关十八盘

与我们勤劳质朴的乡亲们一道，在普通话之乡的美好韵律中，品味古道所承载的诗情和梦想……

（注：臧文清，原北京军区副司令员，中将军衔，河北省承德市滦平县人，曾任第65集团军、63集团军军长）

古道雄关十八盘

臧文清

宋遼千年驛道

中華龢睦史詩

己亥季初夏　周為民書

（注：周为民，原广州军区政治部主任，中将军衔，河北省承德市平泉县人，曾任集团军政治部主任，联勤部政委）

宋辽古驿道

周其凤书

（注：周其凤 北京大学原校长，中科院院士）

古道雄關十八盤
千載輝煌揚天下

己亥季初夏
周萬民書

目　录

走进滦平，寻找通往东北亚的丝绸之路

邓秀军

　　"普通话之乡"河北省滦平县，位于燕山腹地，地处北京通往东北和内蒙古的交通要道，是沟通京津冀辽蒙的交通要冲，素有"北京北大门"之称。早在战国和秦汉时期，这里就是连接中原农耕文明与草原游牧民族和东北渔猎民族的交通要塞。鲜为人知的是，在滦平，我们的脚下还延伸着一条跨越千年的东北亚"丝绸之路"。

　　"丝绸之路"是指起始于古代中国，连接亚洲、非洲和欧洲的古代陆上商业贸易路线。狭义的丝绸之路一般指途经河西走廊的陆上丝绸之路。广义上讲又分为陆上丝绸之路和海上丝绸之路。"陆上丝绸之路"是连接中国腹地与欧洲诸地的陆上商业贸易通道，是东方与西方之间经济、政治、文化交流的主要道路。

古代中国对外的交流通道并不多，主要通道共有四条。除了河西走廊和海上丝绸之路，通向西南的茶马古道和通往东北的辽西通道也是古代中国对外联系的重要通道。其中，辽西通道对中国古代历史走向影响巨大。这条通道是连接中华农耕文明与东北游牧、渔猎文明的交通要道。

"辽西"一词最早在史书上出现是在战国时期。战国七雄中的燕国，击败东胡人，在东胡故土设置上谷、渔阳、右北平、辽西和辽东五郡。历史上的辽西通道主要由卢龙道、古北道、傍海道三条路线组成，对应形成了喜峰口、古北口、山海关三座闻名天下的雄关险隘。

在中国地形图上，我们可以清楚地看到，巍峨的燕山山脉横亘于中原与东北之间，形成了一道险峻的地理阻隔，是北方游牧、渔猎民族南下和南面农耕的中原王朝北进的天然障碍。北宋名臣苏辙诗中曾写道"燕山如长蛇，千里限夷汉"，写尽了燕山的崎岖陡峭，难以逾越。

从远古到明清，无论是中原政权想要经略辽东，还是北方政权南下中原，穿越燕山的辽西通道都是必经之地。同时，这条古道也是中原通往外兴安岭、朝鲜半岛甚至是日本的重要贸易通道。从这里，中原的茶叶、丝绸、粮食源源不断地运往关外，来自东北亚的马匹、毛皮、人参等物资也源源不断地从这儿运往中原，这条路正是一条中原通往东北亚的"丝绸之路"。

宋代之前，沟通东北和华北之间的傍海道，并不足以支持大规模的车马通过。古代历史中很长一段时间内，辽西走廊其实都是并不好走的山路。"古北道"是其中非常重要的一条。

古北道自今天的北京市密云区进入河北省滦平县境内，在滦平县境内的路线与宋辽古驿道基本相同，沿潮里河逆流而上，翻越德胜岭（今十八盘梁），经滦平县城，向东渡滦河，过承德至辽西方向。

早在汉代，这条古道就已经是穿越燕山的重要通道，史书记载汉代名将"飞将军"李广曾"弥节白檀"，《资治通鉴》记载，曹操曾"经白檀，历平冈"，北征乌桓。《辞海》为证，隶属渔阳郡的白檀县治所就在今天的滦平县大屯镇小城子村，如今汉城遗址尚在。

史书记载，唐代名将薛讷也曾出古北口讨伐契丹，兵败于滦河峡谷。薛讷兵败加速了契丹的崛起，而随着唐代后期奚族与契丹在燕山以北的崛起，古北道地位凸显，摆脱了原来的崎岖险阻的状态，逐渐取代了卢龙道的原有地位，成为穿越燕山、沟通东北亚的主要通道。

辽代的古北道起点在辽南京析津府，也就是今天的北京市，经过今天的顺义区、密云区，北渡潮河穿过古北口，在滦平县东北渡过滦河，东向平泉市，在平冈与原有的卢龙道相会。在一路向北到达赤峰附近后，沿老哈河北上，到达辽中京大定府。也可继续北进，直达辽上京临潢府。

随着这条古道地位的凸显，众多历史文化名人的足迹成为这条古道上闪烁千年的风景。在澶渊之盟后的100多年间，这条古道上出现了唐宋八大家中王安石、欧阳修、苏辙的身影，留下了历史名臣包拯、苏颂的足迹，成为一条记录了中华民族百年和睦史诗的和平之路，一条承载着中华文化开放与包容精神的文明之路。

如同卢龙道带来了蓟城快速发展一样，每一次交通要道的变动，都会引发一批城市的兴起与衰落。古北道的兴起，加速了滦平一带的发展，一度中落的古白檀降格为镇后，又在金初泰和三年（1203年）升格为宜兴县，元致和元年（1328年）升格为宜兴州，成为京北重镇。

古道雄关十八盘

明朝建立后，元朝并没有真正灭亡。名将常遇春经古北道至开平大战告捷后，北元势力逃至蒙古草原。为了防止蒙古势力的反扑，明朝的统治者选择了迁宜兴州百姓入关的空边政策和修筑长城的方式，控制这条穿越燕山的千年古道。为今天的滦平留下了小兴州移民的历史往事和金山岭长城这一珍贵的世界文化遗产，也为清代滦平一带正宗官话的形成和发展提供了纯净的语言空间。

清朝入关之后，位于滦平的千年古道变成了清代皇帝木兰秋狝的皇家御道。同时它也发挥着联系东北亚的重要使命。雅克萨大捷的使者就是从今天的俄罗斯境内一路快马加鞭，到滦平境内沿着这条古道，将捷报呈递给正在滦平境内舍里乌朱马氏庄头府驻跸的康熙皇帝，又从这里，把签订《中俄尼布楚条约》的圣旨带到那片曾经属于我们的故土。

今天，往日车水马龙的繁华古道已经荒草萋萋不辨模样，只有德胜岭上的辙痕、戏台和古庙像沉睡的故人，见证着历史的沧桑。今天的滦平依旧是连接华北、东北和内蒙古地区的重要通道，这里交通便捷、路网密布，京承高速、张承高速、承唐高速，国道112线、101线、335线，省道郭巴线、松涝线，京通铁路、张唐铁路、张双铁路，一条条京畿大道纵横交错，通达八方。每一条道路都洒满了筑路人的汗水，每一条道路都承载着明天和希望，每一条道路都连接着诗与远方……

在习近平总书记亲手绘就的京津冀协同发展和"一带一路"发展的伟大蓝图中，昔日的白檀故地、宜兴之城——滦平正在积极践行新时代中国特色社会主义思想，沿着"生态优先，绿色发展，高质量发展"的发展道路，奋力延伸着绿色发展的希望之路，延伸着全面小康的幸福之路。

十八盘古道话今昔

袁舒森

承德滦平十八盘隘口，是燕山山脉各隘口中地位最为重要的一个，自古即为华北平原通往东北平原、内蒙古高原的交通要冲之一。

通过对新石器时代中晚期遗址的考古发掘，密云燕落寨遗址和滦平石佛梁遗址的新石器品类和器型都具有较高的一致性，说明在新石器时代十八盘梁隘口就是燕山南北文化交流的天然通道。

距今三四千年前，中原地区处于夏、商时期，滦平正是北方夏家店下层文化南缘与中原夏商文化的接触地带，华北平原与内蒙古高原以及东北松辽平原之间的文化交流，主要是通过燕山山脉的南口、十八盘——古北口、喜峰口和辽西走廊等主要天然通道而得以进行。

古道雄关十八盘

西周初年，在这几条通道南端的会合点——古永定河渡口东北大约20里，不受永定河洪水威胁的地方分封了一个诸侯国蓟（在今北京城区西南部广安门一带），蓟城即今北京城的前身，它的出现标志着通过古北口——十八盘等燕山隘口而进行的南北文化交流进一步加强。

西周以后，至战国时期，燕山以北的游牧民族山戎、东胡常常通过十八盘梁越过燕山，攻打山南的燕国、齐国，这也是南北文化另一种方式的接触，促进了农耕文化和游牧文化的交融。

战国时期，各诸侯国为了互防和防御北方少数民族，纷纷修筑长城。据《史记·匈奴列传》载，以蓟为都的燕国，曾把大将秦开作为人质经过十八盘梁送到东胡，秦开深得东胡人的信任，是东胡公认的"勇士"。秦开熟悉了东胡地区的风土人情，后来回到燕国，率领燕军大破东胡，东胡被迫北迁上千里。于是"燕亦筑长城，自造阳（今河北省怀来县官厅水库南大古城）至襄平（今辽宁省辽阳市），置上谷、渔阳、右北平、辽西、辽东郡，以拒胡"。燕筑此长城、设五郡的时间在战国后期，燕昭王二十九年（前283年）。十八盘梁是渔阳郡南北的重要通道之一。

秦统一六国后，把原秦、赵、燕等国长城加以修缮并连接起来，筑成了"起临洮（今甘肃省岷县）至辽东，延袤万余里"的秦长城，以防范北方以游牧射猎为生的匈奴族。西汉重新修缮了北方的长城，"自敦煌至辽东，万一千五百余里，乘塞列燧"。西汉著名的"飞将军"李广曾过十八盘隘口弥节白檀（治所在今滦平县大屯镇小城子村）。

秦汉至魏晋时期，北方的匈奴、乌桓、鲜卑等民族有时从十八盘隘口通过突破长城，时而侵扰山南地区，时而又与山南地区进行友好的贸易往来。

十六国和北朝时期，北方少数民族羯、氐、鲜卑等翻越燕山，纷纷南下建立地方性政权，十八盘隘口亦是北方少数民族南下的主要路线。

北朝时期，为了防御更北方的游牧民族和邻近的其他政权，各朝非常重视修筑长城。据《北史·齐本纪》载，北齐天保七年（556年），"自西河总秦戍（在今山西大同西北）筑长城，东至海（指山海关渤海），前后所筑，东西凡三千余里"。现古北口、金山岭一带也是第一次修筑长城，北齐用长城防御十八盘隘口以北的突厥、库莫奚和契丹。

北齐长城曾被隋唐修缮利用，今古北口自唐代始获其名"北口"，就因为它是唐幽州（今北京）之北重要长城关口。唐在此设有北口守捉，又从古北口过十八盘在墨斗岭（今伊逊梁）设守捉，"墨斗军"三千人屯兵驻守墨斗岭。守捉是唐代在边疆设兵戍守的军事区域，其上有军，其下有城、镇、戍。当时墨斗岭以北为奚族聚居区，墨斗岭有"塞北第一关"之称。相传隋唐时期罗艺曾派出神秘的杀手团队——"燕云十八骑"，过十八盘隘口袭击奚族首领。

唐玄宗李隆基不听姚崇劝谏，派名将薛仁贵之子薛讷过十八盘隘口伐奚和契丹，在滦水山峡中了奚和契丹埋伏，唐军大败。六万唐军大多丧身滦河岸边，薛讷只带数十骑突围逃亡，奚人和契丹人讥笑薛讷为"薛婆"。

开元二十年（732年），唐玄宗宗室族兄信安王李祎受命率军过十八盘隘口讨伐奚、契丹。《旧唐书》载："三月，信安王祎与幽州长史赵含章大破奚、契丹于幽州之北山。"这次，唐军在滦平、隆化一带取得了巨大胜利。据说十八盘隘口的一个名字"德胜岭"就和这次战役有关。

唐代北口，五代起已称古北口或虎北口。由于长城的修筑，守御方的防御能力大大加强了。很多时候，经过十八盘入侵的外族或外敌，都被守城的军队和长城工事阻挡了回去，无数次外敌寇边不克的事实，却长期被历史文献忽略不计，今天能找到的古代战事资料多是外敌破关成功的战例。即使如此，也可以从中看出：十八盘隘口一直是北兵南进、南军北伐的重要通道。

后梁龙德元年（921年）十月，契丹国主耶律阿保机军过十八盘隘口，从古北口入边，寇檀州（治今密云）、顺州（治今顺义）等十余城，十二月又自十八盘隘口返回北方。后唐末帝李从珂清泰三年（936年），河东节度使石敬瑭起兵造反，石敬瑭向契丹求援，割让幽云十六州，并甘做"儿皇帝"。随后在契丹的援助下，石敬瑭称帝灭后唐，定都汴梁，改国号为"晋"，史称后晋。石敬瑭把包括十八盘隘口在内的幽云十六州割让给了契丹人。

十八盘隘口是辽、金、元时期北方民族南下中原的必由之地，南北交往的重要驿道。辽初，契丹统治者常对中原宋朝作战，每年冬季契丹兵马在内蒙古高原东部地区集结，然后过十八盘隘口南下，入古北口，在南京（今北京）周围待命。

自宋太祖开宝七年（974年），宋辽正式建立外交关系，直到宣和四年（1122年）宋辽决裂，中间间断25年，1005年宋辽订立"澶渊之盟"重修旧好以后，双方经常互派使节。宋与辽交往的早期，宋使臣只抵南京（今北京）。其后从南京至中京（今内蒙古宁城县东大明城）、上京（今内蒙古巴林左旗林东镇南波罗城），此间驿道迅速发展，并由奚民守馆，给土地，以供马料之需。辽圣宗统和二十六年（1008年）前后，各驿馆之间又渐添顿馆、毡帐（即临时打尖歇息处所），"供有鲜洁，器用完备"。驿道所经，"日有舍、中舍有亭，亭有餐秣"，"使往来者住有馆舍，顿有供帐，饥渴则有饮食，驿道日臻完备"。辽在宋辽边界至南京、中京和上京之间设有驿道1800里，并设立32个驿馆，途经十八盘的驿路成为宋使由辽南京北上中京、上京最常走的路，十八盘当时有摘星岭、思乡岭、辞乡岭、德胜岭、望云岭等多个名称，位于虎北馆（密云古北口）和新馆（滦平平坊）之间。北宋路振（1008年）、王曾（1013年）、薛映和张士逊（1016年）、宋祁（1036年）、韩琦（1039年）、富弼（1040年和1042年）、包拯（1045年）、欧阳修（1055年）、王安石（1063年）、苏颂（1068年和1077年）、沈括（1075年）、苏轼（1086年）（王慧杰《宋朝遣辽使臣群体出身研究》）、苏辙（1089年）、蔡京（1083年）、高俅（1105年）、童贯（1111年）等达官显贵，都曾作为宋使途经十八盘隘口。宋辽和平交好124年，宋朝向辽国遣使696人次，扣除重复出使的66人次，共630人，每次遣使都是一正一副。宋使大多在此留下过行迹笔录，以及散文、诗歌等，记录下丰富的驿路、驿馆、山水、民风等文史资料。而不谙弄文修史的契丹人，除"大康八年碑"以外，在十八盘古道几乎没留下只言片语。

《契丹国志》记载，宋朝每次遣使贺辽朝国主、国母生辰带去的礼物有"金制的酒具、食具、茶器、玉带、银器、酒、茶、果品、乐器及锦绮透背杂色罗纱绢二千匹，杂采二千匹"；宋贺辽正旦的礼品，除金银器物外，还有"杂色罗绫绢二千匹，杂采二千匹"。辽帝贺宋帝生辰的礼物，除衣饰等物外，有鞍辔等各种马具、毛毡、弓箭、皮革制品，酒、山果、白盐、青盐、牛、羊、野猪、鱼、鹿茸以及"细绵透背、清平内制御祥合线缕机共三百匹""御马六匹、散马二百匹；契丹贡献珠、玉、犀、乳香、琥珀、硇砂、玛瑙、镔铁兵器以及斜里合皮、褐里丝、门得丝、帕里呵（皆为辽细毛织品），以二丈为匹。契丹回赐至少亦不下四十万贯"。这十八盘古道除了政治军事之外，更是一条沟通南北经济的"盐茶古道"。

古道雄关十八盘

辽宋间的货物运输："澶渊之盟"之前，从宋输向辽的货物有香料、犀象骨角及茶叶，后增苏木。"澶渊之盟"之后，"凡官鬻物如旧，又增缯帛、漆器、粳糯及铜、锡制品"。由辽输向宋的商品有：羊、马、橐驼等，而尤以羊为多。史载："河北榷场契丹羊岁数万……公私岁费钱四十余万缗。"再就是民间走私买卖。辽宋间以官方各种名义的货物交换尚不能满足双方权贵的享用，所以官方规定的互市之外，存在大量的民间走私活动。尽管如此，各族商贩却冲破种种限制，彼此越界到对方境内贸易。走私贸易的货物，除上述榷场禁售的货物外，其中北盐南贩是走私贸易之一，马、牛、羊的走私贸易也很活跃。各种生产、生活所需的手工制品、丝麻织品和茶叶则是由南北销的主要商品。辽圣宗统和四年（986年），因古北口等关口的官吏违反朝廷税法，滥征商税，致阻商旅，圣宗下令加以处罚。十八盘古道如此繁忙，所以现在山石上仍留有深可盈寸的车辙印痕，实在不足为奇。

当时辽的道路运输较宋落后，虽在几条大道所设的驿站比较固定，其他道路既无驿站，通行亦不甚方便，尤其是一些山谷地区的路况较差，往往成为运输的障碍。就接连长城各口的主要四条路而言：榆关道较平坦；石门关路亦可以行大车；而古北口、松亭关道则山路崎岖，只可通人马、小型车，不可行大车。此外还有十八条小路，尽属所谓的"兔径鸟道"，只能供人步行，骡马都难以通行。但古北口过十八盘隘口，是辽上京—中京—南京之间最为便捷和繁忙的通道。

东北女真人起兵并建立金朝之后，宋金联兵攻辽。1121年，金将希尹过十八盘古道大破辽兵于古北口。1122年，金攻取辽南京，半年以后，于1123年只将燕京（即辽南京）及燕山以南的檀、顺等六州交给宋朝，当时十八盘隘口是宋金分界线。宋朝在燕京建燕山府，并派由辽降宋的郭药师所部军队驻守古北口、居庸关等长城关口。但是，北宋对燕山府的统治只有短短的三年，1125年金将蒲苋又过十八盘隘口败宋兵于古北口，金军重新攻占燕山府。金占领燕山以南地区后，为防范蒙古族，在古北口等关口亦设关防。女真人称古北口为留斡岭，沿用了辽代的驿路，十八盘隘口是金中都大兴府（北京）去往北京大定府（宁城）、上京会宁府（阿城）之间的重要通道之一。

元代蒙古族南侵，部分蒙古骑兵通过十八盘隘口攻占古北口。元在大都（今北京）建立政权后，设专门军队，警备大都北部各关隘。古北口南潮河关（今潮关）设有千户所，又派讷怀从阿乎，兵出古北口过十八盘驻宜兴州（治所在今滦平县大屯镇兴洲村）。中统二年（1261年），忽必烈亲自将诸万户汉军及武卫军由檀州移驻潮河川（今滦平县营盘村附近）。元致和元年（1328年），由于帝位之争，上都（今内蒙古多伦）军队进攻大都，一部分上都兵由十八盘隘口攻入古北口，大掠于今密云北部，不久被大都兵击退。稍后，支持上都政权的辽东军又由十八盘隘口攻破古北口，与大都军队激战于檀州南，最终辽东兵万余人投降，只有部分残兵从十八盘隘口逃回辽东。元上都（今多伦白城子）与大都（今北京）之间有驿路四条，《昌平山水记》中有"……六十里曰古城（今滦平小城子），又五十里曰青松（今十八盘梁南侧附近），又南五十六里曰即古北口矣"的明确记载。元代"御史按行"继续沿用了十八盘古驿道，十八盘前坡的两块六字箴言摩崖石刻就是那个时期遗留下来的历史文物。

明朝洪武元年（1368年），征房大将军徐达和副将常遇春攻下元大都。洪武三年（1370年）五月李文忠率军过十八盘攻打宜兴州，活捉元守将江文清，宜兴州改为卫地，洪武二十八年（1395年）设立兴州五卫。当时的宜兴州民间俗称小兴州，在大宁都司的管辖范围，小兴州移民最早是从洪武年间开始的。1403年朱棣称帝以后，为了抵御

古道雄关十八盘

残元势力，开始了"燕王扫北"。为防止蒙古人入侵，就在长城以外，东起辽东，西至山西北部和内蒙古西部的广大地区屯兵，并多次从燕山以北地区向今北京、天津及河北省中部的保定、沧州、衡水、廊坊一带移民，发展生产，充实边防。1421年正式迁都北京后，又抽调长城以北各卫所15万将士在北京附近屯守，同时组织大规模的强制性移民，把古北口外的居民全部撤回长城以内，安置在北平周围和河北各州县。长城外很大范围形成无人居住的军事隔离区，也叫"瓯脱地"（蒙语：无人区）。"瓯脱地"虽然一直持续到明末清初，但十八盘作为军事和经济要道的职能一直没有改变。古北口周边的长城属蓟镇西协古北口路管辖，因屏障于京师之北，著名的抗倭英雄戚继光任蓟镇总兵期间，曾精心设计和督修了古北口及金山岭一线长城。历代明朝皇帝更是把修筑长城当作边防要务，修长城几乎贯穿了整个明朝历史。明代，北京北部长城基本沿袭了北齐长城的走向。由历史资料不难看出，十八盘既是中央政权沟通长城以北卫所的交通枢纽，又是古北口外山北移民从祖地小兴州内迁的唯一通道。

明嘉靖二十九年（1550年），蒙古鞑靼部俺答汗之军巧用计策由金山岭绕过古北口，兵临明京师，抢掠八日后又从古北口十八盘一路退出。这就是震惊大明朝野的"庚戌之变"。十八盘古道一直是重要军事通道，隆庆五年（1571年），宣大总督王崇古上《确议封贡事宜疏》，提出"封贡互市"主张，得到张居正的支持，明在古北口营盘一带开设了"互市"（也称"马市"），允许北方民族和汉族进行物货交流。俺答部在俺答妻三娘子掌权的数十年间，一直和明廷友好通商，十八盘又成为一条"盐茶古道"。

清朝恢复十八盘古驿道是从康熙年间开始的，康熙二十九年（1690年）夏，清军在裕亲王福全率领下，大败噶尔丹于乌兰布统。次年，康熙帝即在多伦淖尔举行大会，召见内外蒙古各部王公，并将内蒙古已经实行的盟旗制度推行到外蒙古各部。为了遏制沙俄南侵，有效地防卫北疆，清政府从这时候开始正式建立北方驿站制度。康熙三十年（1691年）冬十月丙申，"谕理藩院曰……古北口、喜峰口外，见各有五十家一村，设为驿站。……于各旗内察出贫乏之人，给予牛羊等物，使为产业，设立驿站。则贫乏者咸得生理，而各处亦免苦累"。清恢复古北口外十八盘一线古驿道，沿途共设驿站15个，包括5个汉站和10个蒙站。十八盘隘口正位于古北口站和鞍匠屯站之间。康熙执政前期十八盘古道既是军机驿道，又是大清皇帝木兰秋狝的御道，康熙皇帝曾经数次途经十八盘。这种情况一直持续到康熙四十五年（1706年）南线御道（巴克什营—长山峪—滦河）正式全面开通。十八盘古道隘口附近留有康熙年间复建的辽代古寺盘云寺遗迹；南坡下康熙皇帝驻跸饮用过的"舍里乌朱"（塞外第一泉），至今仍甘露喷涌。

民国时期，十八盘古道仍是北平（今北京）至承德的交通要道。民国十二年至十三年（1923—1924年），原南线御道被改建为简易的现代汽车公路。民国二十四年（1935年），日本侵略者修筑承德至古北口公路，公路经拉海沟过拉海梁，再经今滦平县城到承德，十八盘古道的交通地位被取代。民国二十六至二十七年（1937—1938年），日本侵略者铺设了锦古铁路。该铁路和新修公路基本平行，走拉海梁和蓝旗梁一线，十八盘古道开始逐渐萧条。

1933年3月4日，由于汤玉麟的临阵脱逃，日军川原旅团先头部队仅以128骑侵占热河省省会承德。3月11日，日军在长城沿线发动进攻，国民党先后有4个师参加抗战。古北口长城抗战历时两个多月，毙伤日军五千多人，中国守军伤亡八千多人。虽然古北口抗战和整个长城抗战一样以失败而告终，但它作为长城抗战的主战场之一，有力

古道雄关十八盘

地打击了日本侵略者的嚣张气焰，延缓了日军南侵平津的速度。长城抗战时，十八盘古道也留下了一个杀敌传奇。一队从古北口前线溃败下来的日本骑兵，取道十八盘隘口东返。萎靡不振的日寇在十八盘村揭鞍晒马、饮水休整，乱哄哄嘈杂一片。我抗日义勇军正盘算如何杀敌，恰巧有一架日军飞机由东方飞来，在十八盘上空盘旋侦察。我抗日义勇军战士急中生智，在敌机未能判断敌友时，瞄准敌机果断一枪。敌机猛然抖动一下迅速升高，然后俯冲下来，对准毫无遮挡的人马狂轰滥炸。当场炸死六个日本官兵和八匹战马，炸伤人马若干。直到日军慌忙爬上屋顶挥动膏药旗对空联络，轰炸才算停止。这本是日军狗咬狗的误伤，他们却在十八盘村头立了块"六勇士之墓"的牌子。义勇军在十八盘古道"一枪毙六敌"是抗战史中少有的战例。

1941年4月19日，八路军十团独立游击大队丰宁"水字杆"英雄袁水，带几十人从丰宁经十八盘隘口，袭击了日伪火斗山火车站。俘铁路警察8名，缴大枪8支，子弹一部分，被俘人员经教育参加了八路军。7月，袁水又过十八盘配合十团攻打了巴克什营警察署。他听说长城游击队的褚拐子持枪叛变，正在方营子八道沟藏着。袁水带十多名战士赶到八道沟，抓到褚拐子夺回了枪支，问明真相，处决了叛徒。袁水的独立游击大队凭着人熟、地熟的优越条件，经常昼伏夜行，数次翻越十八盘，袭击警察署，捣毁日伪据点，英勇作战，多次出其不意地在滦平杀敌立功。

1945年8月，日本帝国主义宣布投降，抗日战争胜利，国民党反动派疯狂地抢占胜利果实，国共两党还在重庆谈判停战问题的时候，蒋介石就授意国民党军队在停战令下达和生效之前迅速从古北口、喜峰口等长城关口向热河解放地区发动进攻，企图进而抢占东三省。1946年1月9日，国民党军队向古北口进犯，经过6天激战中国人民解放军取得古北口保卫战的胜利。9 月初，人民解放军为了保存有生力量，以夺取解放战争的最后胜利，主动通过十八盘隘口撤离古北口，此战国民党军投入兵力 12000 余人，被击毙和俘虏 1500 多人。解放军直接参战的部队为两个旅及两个团，阵亡 100 余人。

中华人民共和国成立后，交通事业迅猛发展。1970 年，改建古北口至大同段公路，避开拉海梁，改道要子沟梁和偏岭梁一线，十八盘古道彻底被放弃。不过滦平县古生物化石保护协会却在这一带发现了丰富的中生代古生物化石。在这里发现了全国最连续、最完整的侏罗纪—白垩纪地层地序剖面。2015 年由国土资源部门出资，在此设立了古生物化石保护区。此后又由王志国将军牵头，多方筹措资金，修建了张家沟门至拉海沟的"东兴路"和"宋辽古驿道博物馆"。

十八盘，这条承载了几千年历史文化的古道，一直被许许多多的有识之士所注目。近日由王志国将军、汪贵先生、秀军同志发起组建的十八盘古道文化研究团队，正对十八盘古道进行全方位历史文化发掘整理。相信在不久的将来，一条充满文化活力的"盐茶古道""丝绸之路"，将以新的姿态展现在世人面前。十八盘古道周边，必将成为助力滦平经济腾飞的一个全新的文化支撑点。

思乡岭上"使辽诗"

桑海峰

　　1076 年的寒冬，北国的燕山，冷风卷起飘落的雪花，大地一片银装素裹。在塞北崎岖不平而又荒凉的驿路上，有一队人马从中原腹地的京城开封而来，他们越白沟、跨涿州、过幽州、走南京，奔古北口进发。穿过古北口后一直向北而行，他们将去往北方草原深处辽国的中京、上京的皇都，拜见辽国皇帝耶律洪基。

　　在一行汉人的马车内，有一位五旬官人不时挑起车帘向外眺望，映入眼帘的是北国连绵不绝的群山。群山高远，异常寒冷。天空不见飞鸟展翅，山中不见野兽行走，突兀的山崖冷峻得吓人；溪流和谷底也在沉默不语，随车队前进的旌旗上也挂满了皑皑白雪。官人再不见东京汴梁金碧辉煌的宫殿和城内鳞次栉比的楼宇，听不见街市中夜晚喧嚣的歌声。再不见中原大地一望无际的田野和农人劳作的身影，听不见白沟河畔送行飞鸟浅浅的低吟。离别之际，客行道远，柔肠百转，魂牵梦萦，未离家门，先思归期。眼前浮现的是君臣和亲人深情凝望的目光，思念家国乡土的情绪顿时涌上心头。这位官人长者，便是去往辽国的北宋使臣名相王珪。北宋皇家的一行车队，满载着奉送给辽国的岁币官银和锦绢，迎着寒风缓慢行走在北宋出使辽国的驿道上。

　　当车队来到塞外滦平境内十八盘梁的思乡岭上时，名相王珪一行人下车迎向辽国在此等候的通引官和接伴使，彼此饮下三盏酒后，王珪看一眼白雪皑皑的北方辽国，又回首望一眼极目中的南国中原，心中感慨万千，思绪良多，脱口吟诵道：

晓入燕山雪满旌，归心常与雁南征。

如何万里沙尘外，更在思乡岭上行。

就是这看似平凡普通实则凄然壮美的山岭，走过了多少北宋出使辽国的名相、文臣和武将。王安石、王珪、王曾、欧阳修、苏颂、苏辙、包拯，演绎出了多少激愤悲壮的家国故事。宋朝的使辽使臣，在翻过思乡岭时，创作出了不计其数的优美悲壮的使辽诗。当年王珪作为"贺正旦使"的使辽使臣来到古北口时，便看到了这一夫当关万夫莫开的险要之地，他们慨叹如果"燕云十六州"还在宋人手里，就能遏制住辽人的侵犯，大宋也不至于落到如此尴尬的境地。如果宋人有十万能征善战的铁骑，横刀立马在此，一举收复这片失地，这边关险阻就能重新看到它当年的主人了。于是，王珪便吟诵出了如下诗句：

来无方马去无轮，天险分明限一津。

愿得玉龙横十万，榆关重识故封人。

使辽使王珪一行人继续北行，过思乡岭便来到了位于滦平县平坊乡碱场沟门的新馆。这时天色已晚，在接伴使、通引官和馆伴使的陪同下，使臣们便宿在了新馆。数九寒天，夜不能寐，万里征尘，思念亲人，还有那迟迟不来的春天。吃过早饭，禽鸟缠绵婉转催人上路，路上却飞沙走石。使臣的车队来到了滦平县的偏岭梁山峰，胡人把酒相送，王珪饮下三杯送行酒后，更加思念故乡和亲人。于是，便写下了这样的诗句：

偏箱岭恶莫摧轮，游子思亲泪满巾。

万里有尘遮白日，一行无树识新春。

古道雄关十八盘

　　　　幽禽缠啭已催客，狂石欲奔如避人。

　　　　虏酒相邀绝峰饮，却因高处望天津。

　　王珪一行的使辽使臣，晚上宿在位于滦平县大屯镇南沟门的卧如馆，次日清早动身，直到傍晚才来到金沟屯镇和红旗镇交界的榆茨梁，宋人称其为"摸斗岭"。峰回路转，岭上险峻，王珪诗兴大发，顺口吟诵道：

　　　　戴斗疆陲笼曙华，更凭重阜切天涯。

　　　　安知玉殿开阊阖，日月星辰在帝家。

　　作为大宋使辽的"贺正旦使"，要在农历冬月从东京汴梁出发，腊月到契丹辖地，年前到辽国的中京和上京，来年的大年初一，为辽国皇帝贺岁拜年，还要与辽国商议国之大事，开春才能返程。当这位使辽使臣返程来到位于滦平县红旗镇房山沟门的"柳河馆"时，大地已经有了春天的气息。太阳有了暖意，枯草已经冒出新芽，黄牛在田里闹春，农人开始收拾田地。面对此情此景，王珪非常高兴，于是作出了"柳河馆"诗句：

　　　　柳河山外日晖晖，柳色犹枯草正腓。

　　　　阴壑水声多北注，晴峰云影尽南飞。

　　　　黄牛拥耒争春耦，白马弯弧落暮围。

　　　　路入陇尘谁与问，桑间胡女避人归。

　　宋人所称的"柳河"，就是今天的伊逊河。伊逊河在魏、晋、南北朝时叫"索头水"，辽、金、元时，伊逊河叫"柳河"。明朝永乐以后，明朝放弃了长城以北的广大地区，伊逊河流域成为蒙古人的游牧之地，有了蒙古语"伊逊郭勒"之名。"伊逊"，是蒙古语九数的意思。因伊逊河曲曲弯弯，有"九河归一，因河九转，九曲的河流"之称。到了清朝时期，蒙汉语并用，遂称其为"伊逊河"。

唐宋八大家之一北宋宰相王安石奉旨入辽，在滦平县平坊乡碰场沟门“新馆”接受契丹通引官、接伴使和馆伴使宴请时，酒至半酣，诗兴大发，当场赋诗一首《北客置酒》，以示庆贺和答谢。诗中将契丹待客的各类肉食、主食花样、果蔬种类、烹饪方法以及相互劝酒的场面描写得淋漓尽致，如身亲临。

紫衣操鼎置客前，巾鞴稻饭随粱饘。
引刀取肉割啖客，银盘擘臑槁与鲜。
殷勤劝侑邀一饱，卷牲归馆觞更传。
山蔬野果杂饴蜜，獾脯豕腊加炰煎。
酒酣众史稍欲起，小胡捽耳争流连。
为胡止饮且少安，一杯相属非偶然。

北宋使辽的使臣经过白河，跨过涿州、幽州、檀州，进入古北口叫“入塞”，从辽国返回时出古北口叫“出塞”。当年王安石使辽时，就留下了著名的诗《入塞》和《出塞》：

入　塞

荒云凉雨水悠悠，鞍马东西鼓次休。
尚有燕人数行泪，回身却望塞南流。

出　塞

涿州沙上饮盘桓，看舞春风小契丹。
塞雨巧催燕泪落，蒙蒙吹湿汉衣冠。

1055年冬天，北宋著名的文学家、史学家、唐宋八大家之一的欧阳修，作为“告登宝位使”奉旨出使辽国中京大定府祝贺契丹新君登基。欧阳修一行人马迎着初升的太阳从东京汴梁出发，一路北上穿过“燕云十六州”进入大草原，沿途目睹了很多契丹人鞍马骑射，行围打猎，纵鹰走马，饮酒为乐，“儿童能走马，妇女亦腰弓”的民风民俗。契

古道雄关十八盘

丹人恪守诚信，尊重贤德，过着刀耕火种的生活，喝赤红色的高粱烧酒，筵席上有切得薄如霜叶的鲜红的冻羊肉片。欧阳修怀着异样的心情，饱览了北国大好河山的瑰丽风光，与他出发时想象中的契丹之地迥然不同。返程途中，欧阳修的心情如晴朗的天空一样好了起来。当使辽使臣们返程住在思乡岭下的"新馆"时，欧阳修再也按捺不住喷薄而出的诗情，挥笔写下了《奉使道中五言长韵》，流传至今。

> 初旭瑞霞烘，都门祖帐供。亲持使者节，晓出大明宫。
>
> 城阙青烟起，楼台白雾中。绣鞯骄跃跃，貂袖紫蒙蒙。
>
> 朔野惊飙惨，边城画角雄。过桥分一水，回首美南鸿。
>
> 地理山川隔，天文日月同。儿童能走马，妇女亦腰弓。
>
> 度险行愁失，盘高路欲穷。山深闻唤鹿，林黑自生风。
>
> 松壑寒逾响，冰溪咽复通。望平愁驿迥，野旷觉天穹。
>
> 骏足来山北，轻禽出海东。合围飞走尽，移帐水泉空。
>
> 讲信邻方睦，尊贤礼亦隆。斫冰烧酒赤，冻脸缕霜红。
>
> 白草经春在，黄沙尽日蒙。新年风渐变，归路雪初融。
>
> 祗事须强力，嗟予乃病翁。深惭汉苏武，归国不论功。

1091年的冬天，北宋名臣彭汝砺奉旨出使辽国。使臣们将去往草原深处的广平甸契丹牙帐，拜见耶律洪基。彭汝砺一行来到当年宋太祖赵匡胤陈桥兵变的陈桥时，就极其伤感地作了一首诗《使辽》：

使 辽

> 北行未始过陈桥，仗节今朝使大辽。
>
> 寒日拥云初漠漠，急风招雪晚萧萧。
>
> 江湖梦寐时之楚，象魏精诚日望尧。
>
> 孤驿夜深谁可语，青灯黄卷慰无聊。

当彭汝砺一行长途跋涉来到古北口外时，只见驿路曲折盘旋，山峰高耸入云，朔风呼啸，寒风卷叶，草色枯黄，山崖突兀，严寒彻骨，溪水冻僵，大地一片苍凉。即使穿着紫貂官服，局促于轻便马车内，依然寒冷难耐。这时，彭汝砺一行眼前又出现一道山岭，名曰"思乡岭"，想要翻过山岭，仍觉遥远无际。

正当彭汝砺一行心情不悦的时候，不觉之间车马已经跃上了思乡岭。早在岭上等候的契丹通引官和接伴使，热情地接待了北宋使臣，嘘寒问暖之后，互敬三盏礼见酒，一下子温暖了彭汝砺的心。宾主来到思乡岭下的契丹"新馆"后，彭汝砺即兴赋《望云岭》诗六首：

其 一

班荆解马面遥岑，北劝南酬喜倍寻。

天色与人相似好，人情似酒一般深。

其 二

人臣思国似思亲，忠孝从来不可分。

更与诸君聊秣马，尽登高出望尧云。

其 三

豚鱼尚可及人信，胡越何难推以心。

立望尧云搔短发，不堪霜雪苦相侵。

其 四

少狂千兔秃诗毫，醉看真珠酒滴槽。

白首不堪论往事，清尊祇可慰徒劳。

其 五

欲望都门春正深，高台孤绝更登临。

空云霭霭生归思，鸣雁雍雍多好音。

其　六

华盖荧煌天半际，瀛洲缥缈海中心。

江天抱病频搔首，自笑纷纷雪已侵。

望云岭这座山是彭汝砺使辽挥之不去的记忆。这里的山川风貌和地域风情，让他生出无限的遐想，于是他又挥笔写出了五首《望云岭》诗句。

望云岭自古北口五十里至岭上南北使者各置酒三盏乃行

其　一

今日日如昨日日，北方月似南方月。

天地万物同一视，光明岂复华夷别。

更远小人褊心肝，心肝咫尺分胡越。

其　二

投老不堪行路难，衰迟久合老田间。

雪霜一意催蓬鬓，尘土多方污病颜。

其　三

白首功名意已阑，正如飞鸟倦知还。

苍茫杳霭云深处，说是燕然旧勒山。

其　四

朱颜使者黄金带，铁面将军紫罽袍。

会道因缘非一日，忘怀彼是即忘劳。

其　五

五更风雪霁层霄，残月寒星共沉寥。

道路长如之字转，胡人能以近为遥。

彭汝砺使辽后写"思乡岭"这座名山的诗竟有十二首之多，一座山与使辽诗歌和使辽诗人结缘，在华夏光辉灿烂且浩如烟海的诗歌园地中，这座山光彩迷人。

过岭上

山幽渐失尘埃路，势险方知造物功。

岩溜飞光动天上，樵斤遗响落云中。

烟迷曲岛千峰细，日转寰区万里空。

安得谪仙来并此，醉浮风驭过蟾宫。

当彭汝砺使辽来到古北口外的边塞之地时，契丹之野的人烟稀少和遍地的荒凉落寞，给彭汝砺留下了深刻的印象。使臣们在滦平境内宿"新馆"，榻"卧如来馆"，在住"柳河馆"时，彭汝砺写出了凄美无比的诗句：

绝域三千里，穷村五七家。

云深无去雁，日暮有栖鸦。

雾拥云垂野，霜连月在沙。

夜长无复寐，寂寞听寒笳。

在燕山腹地的塞外，彭汝砺见到了很多杂居的汉人、奚人和契丹人，看到了农耕文化与草原山地文化互相交融后的繁荣。彭汝砺看到一位"身手矫健，武艺高强"的契丹少年英武了得，举手投足间尽显北方少数民族粗犷勇武的英雄本色。这是彭汝砺使辽时感受最深的，并以诗歌形式记之：

秃鬓胡雏色如玉，颊拳突起深其目。

鼻头穹隆脚心曲，被裘骑马追鸿鹄。

出入林莽乘山谷，凌空绝险如平陆。

臂鹰缲犬纷驰逐，雕弓羽箭黄金镞。

争血雄兔羞麇鹿，诡遇得禽非我欲。

1089年8月，时任吏部尚书的苏辙奉旨作为"生辰使"使辽。在使辽途中，他充满了对异乡异族的陌生感，表现了对异域风光和契丹

古道雄关十八盘

风土人情的排斥，这是大国贫弱外交给苏辙心里带来的阴影。到达契丹之地后，苏辙亲自感受到了胡人礼敬好客、民风淳朴的美德，对契丹有了切身的了解和理解，心里的感情有了很大的转变，发出了"久安和好"的良好祝愿。苏辙一行途经古北口时，作出了《奉使契丹古北道中》诗：

> 笑语相从正四人，不须嗟叹久离群。
>
> 及春煮菜过边郡，赐火煎茶约细君。
>
> 日暖山蹊冬未雪，寒生胡月夜无云。
>
> 明朝对饮思乡岭，夷汉封疆自此分。

苏辙一行过古北口后，沿着潮里河继续北行。在通引官和接伴使的亲切迎伴下，跃上了思乡岭。在思乡岭上，互致三盏礼见酒后，宾主来到了碙场沟门的"新馆"。苏辙沿途目睹了汉人、奚人、契丹百姓的生活风情，他们大体都能安居乐业。即使是流徙此地的汉人，农耕的生活也能说得过去。但是当他们看到北宋使臣的时候，不免心中凄然。这都是石敬瑭和安禄山造下的罪孽。于是，苏辙写下了《岭上行》一诗：

> 燕疆不过古北关，连山渐少多平田。
>
> 奚人自做草屋住，契丹骈车依水泉。
>
> 橐驼羊马散川谷，草枯水尽时一迁。
>
> 汉人何年被流徙？衣服渐变存语言。
>
> 力耕分获世为客，赋役稀少聊偷安。
>
> 汉奚单弱契丹横，目视汉使心凄然。
>
> 石瑭窃位不传子，遗患燕蓟逾百年。
>
> 仰头呼天问何罪？自恨远祖从禄山。

苏颂（1020—1101），字子容，北宋著名的政治家、天文学家、天文机械制造家、药物学家，一生从政58年。历任仁宗、英宗、神宗、哲宗、徽宗五朝重臣。32岁入仕，任宿州观察使，73岁升任宰相，81岁加封太子太保。他曾先后五次作为"正旦使""生辰使""贺册礼使""贺登宝位使"受命出使辽国。

在出使途中，苏颂感慨万千，写下了许多诗文，其中有关摘星岭十八盘梁的诗歌就有如下几首：

摘 星 岭

昨日才离摸斗东，今朝又过摘星峰。

疲躯坐困千里马，远目平看万岭松。

绝塞阻长逾百舍，畏途经历尽三冬。

出山渐识还家路，驺御人人喜动容。

过摘星岭

路无斥堠惟看日，岭近云霄可摘星。

握节偶来观国俗，汉家恩厚一方宁。

早行新馆道中

经旬霜雪倦晨征，重到胡疆百感生。

日上东扶千嶂影，风来空谷万号声。

人心自觉悲殊土，物色偏能动旅情。

况是天恩怀景俗，不妨游览趁严程。

过新馆罕见居人

引弓风俗可伤嗟，满目清溪少白沙。

封域虽长编户少，隔山才见两三家。

苏颂一行来到契丹后，目睹了北人围猎、胡人放牧、契丹赛马和辽人牙帐的风土人情，写了如下诗篇：

观北人围猎

芬芬寒郊昼起尘，翩翩戎骑小围分。

引弓上下人鸣镝，罗草纵横兽轶群。

画马今无胡待诏，射雕犹惧李将军。

山川自是从禽地，一眼平芜接暮云。

胡 人 牧

牧羊山下动成群，啮草眠沙浅水滨。

自免触藩赢角困，应无挟策读书人。

毡裘冬猎千皮富，湩酪朝中百品珍。

生计不赢衣食足，土风犹似茹毛纯。

契 丹 马

边城养马逐莱蒿，栈皂都无出入劳。

用力已过东野稷，相形不待九方皋。

人知良御乡评贵，家有材驹事力豪。

略问滋繁有何术，风寒霜雪任蹄毛。

契 丹 帐

马牛到处即为家，一卓穹庐数乘车。

千里山川无土著，四时畋猎是生涯。

酪浆膻肉夸希品，貂锦羊裘擅物华。

种类益繁人自足，天数安逸在幽遐。

中国从夏、商、周、汉、魏、晋、隋、唐到辽、宋、金、元、明、清，诞生了不计其数的民歌和诗歌，尤其是唐诗、宋词、元曲的出现，把诗词歌赋推到了一个鼎盛的热潮和高度。在中国五千年璀璨文明的诗歌海洋里，有一枝灿烂夺目的鲜花，它就是宋辽时期的"使辽诗"。

使辽诗是宋诗中一种较为特殊的诗歌类型。作为中国诗歌史上一种应运而生的新的诗歌题材，它虽与传统的边塞诗一脉相承，但使辽诗又有着自己独特的风格特征。它是在宋辽对峙的特定政治形势下，在双方使节往来交聘的过程中，由北宋使臣以自己沿途所见所闻所感为题材而创作的。它真实而详细地记录了宋辽交聘及宋辽关系的一些重要问题，多层次多侧面地展示了北宋士大夫不满于宋辽南北对峙、政治地位不平等的现状，而又千方百计为其开脱的无奈、屈辱和自尊自大等各种复杂微妙的心理。使辽诗还描述了边塞辽地的异域风光、边地人民丰富多彩的生活及风俗习惯。

北宋到底有多少官吏使辽，究竟创作了多少首"使辽诗"，确切数字已无证可考。我查了主要使辽使臣王安石、欧阳修、王珪、彭汝砺、苏洵、苏轼、苏辙、苏颂、包拯、路振一生创作的上万首诗歌，从中筛选出他们创作的使辽诗有 161 首。其中苏辙 50 首、王安石 48 首、苏颂 26 首、彭汝砺 20 首、王珪 12 首、欧阳修 5 首。我所引用的，是其中与滦平古道山关十八盘梁"思乡岭"和滦平境内的"新馆""卧如来馆""柳河馆"有关的"使辽诗"。

唐宋八大家之苏洵、苏轼父子都没有使辽诗问世，传说苏洵、苏轼父子曾经使辽，但我心存疑问。苏轼是唐宋八大家中的大家，尤其以诗词成就为高。他一生创作出 3459 首诗词，其中只有一首是与契丹有关，还是送其弟苏辙使契丹的诗：

送子由使契丹

云海相望寄此身，那因远适更沾巾。

不辞驿骑凌风雪，要使天骄识凤麟。

沙漠回看清禁月，湖山应梦武林春。

单于若问君家世，莫道中朝第一人。

苏轼一生创作的诗词，涉及的内容包罗万象，就连《蛞蝓》《蝎虎》《莲龟》《人参》《甘菊》等诗都有一席之地，如果苏轼使辽，怎么会不写"使辽诗"呢？

纵观"使辽诗"的天地乾坤，也不是尽善尽美的，亦有很多不足之处。但有史在，有事在，有诗在，宋人的"使辽诗"，依然是中华诗词歌赋中璀璨的明珠。

宋辽驿道上走过的巾帼英雄

王凤珍

宋辽驿道是一条止战兴邦、和平发展的康庄大道，更是一条文化交流、民族融合的阳关大道。河北滦平宋辽驿道遗迹众多，滦平县已列二十余处驿道重点保护单位，是承德该项文化资源最为富集的地区之一，具有十分重要的文化发掘价值和良好的开发利用前景。

这里走过"但使龙城飞将在，不教胡马度阴山"的飞将军李广，"周公吐哺，天下归心"的魏武帝曹操，以欧阳修、苏颂、包拯为代表的大宋使辽重臣，一代英主康熙大帝……这些帝王将相、慷慨男儿的文治武功，在滦平大地上留下深深的印记。不仅如此，从这条历经沧桑、神奇辉煌的古驿道上，同样走过几位不让须眉的女中豪杰、巾帼英雄。

妇好绕道古滦平合围土方

妇好生活于公元前 12 世纪前半叶商王朝武丁时期，是中国历史上第一位有据可查的女英雄，第一位女性军事统帅，同时也是一位杰出的女政治家。殷墟的甲骨文记录了她攻克了周边诸多方国，这在历史上都是罕见的。她不仅能够率领军队东征西讨为武丁拓展疆土，而且还主持着武丁朝的各种祭祀活动。

古道雄关十八盘

在武丁时代的赫赫战功中，妇好有着相当一部分的功劳。相传妇好臂力过人，她所用的一件兵器是重达九公斤的大斧，足见她的身体强壮和骁勇善战。

武丁王朝最大的对手是来自畿北的土方和鬼方。武丁执政初期，无力彻底根除这些大势力，所以采取妥协的外交政策以麻痹敌方，同时积极对周边的小国和地方势力发动兼并战争。

经过多年的准备，武丁认为时机已到，决定出兵征讨土方。

土方是唐虞、夏、商时期活动在山西、陕西一直到内蒙古南部地区的古老游牧民族之一。郭沫若曾根据甲骨文中有关土方的记载，认为土方在殷商时期是与商族发生关系最多、战争也最频繁的一个民族。他推断说："土方距殷京（河南安阳）约十二三日之路程，每日平均行程八十里计，已在千里之下，则可知土方之地在今山西之北部。"而鬼方则活动在今山西北部、内蒙古东北部和河北省北部一带。武丁采取远交近攻之策，先对鬼方采取联姻的方法争取鬼方的支持，与鬼方夹击土方。另外一个进攻土方的原因是土方与王畿更近，威胁更大。妇好全权主持了与土方的战事，出兵少则"登人三千呼伐土方"，出兵最多达"共人五千伐土方"。

经过周密部署，武丁亲率士兵五千由西路进军，从正面征讨土方。妇好则率领士兵三千，由东路秘密北进，会合鬼方支援的士兵两千，从土方的后方发动进攻。

按照甲骨文卜辞上的记载和有关考证，妇好出兵征土方的路线，从河南安阳出发，过冀北平原，经过今天北京、密云，进入燕山，走古北口，翻越十八盘梁，到滦平大屯后，沿兴洲河逆流而上，到达沽源一带，与鬼方武装力量会合，经张家口向西南方向的土方发动进攻。妇好之所以选择这条行军路线，主要是因为从河南安阳到北京一线，是当时商的方国苏（在今邢台附近）和 燕亳（在今北京附近），归商王朝管辖，且都是平原区，便于行军。同时，土方生活在太行山以西，过平原绕过燕山，攻击土方，行军路线隐蔽，不会被发现。

武丁和妇好联合指挥的最终一战，使土方腹背受敌，不堪重创。土方被彻底打败了，其首领被杀，土方人民归顺了商王朝，土方地区也彻底成为商的方国之一。土方被征服后，武丁经常到这里视察，卜辞上叫作"王省土方"。

妇好征土方，这可能是十八盘梁作为中国历史上行军路线重要节点的最早史例。

萧太后率军经十八盘兵伐大宋

萧绰（953—1009年），小字燕燕，原姓拔里氏，拔里氏被耶律阿保机赐姓萧氏。她是辽景宗耶律贤的皇后，也是中国历史上少数民族杰出的政治家，在民间戏曲和评书《杨家将》中被称为萧太后。

保宁二年(970年)五月，辽景宗前往闾山（今辽宁阜新）行猎，萧思温也随行。高勋和女里合谋派人刺杀了萧思温。父亲之死使年仅十七岁的萧绰迅速地成熟起来。她开始发挥自己的才干，协助体弱多病的辽景宗治理国家。随着时间的推移，在辽景宗的默许下，辽国的一切日常政务都由萧绰独立裁决。若有什么重要的军国大事，她便召集各族大臣共商，最后综合各方意见再做出决定。在萧绰的努力下，辽国政治、经济、军事日渐强盛。

乾亨四年(982年)九月二十四日，辽景宗病逝于大同城西的焦山行宫。此时，年仅十二岁的儿子耶律隆绪继承皇位，即辽圣宗。次年改元统和，"母以子贵"，萧绰则被封为"承天皇太后"，并以太后身份临朝称制，总摄国家大事，从而更好地辅佐辽圣宗的统治。

宋太宗于雍熙三年（辽统和四年，986 年）的三月，对辽国发动"雍熙北伐"。宋军兵分三路出兵，起初取得了一些胜利。

萧绰以耶律休哥抵御东路宋军曹彬一路，又以耶律斜轸抵御西路宋军杨业一路，后亲带韩德让和儿子辽圣宗赶到南京，与耶律休哥协同作战。而这次萧太后的行军路线，是从辽上京临潢府（今赤峰市林东镇）出发，沿着古北道（秦汉故道之一，是辽国上京通往南京行程最短的重要通道）行进，当时那里是大辽国土，沿途设有驿站。萧太后率军一路南下，过度云岭（又名契丹岭，现滦平县与隆化县交界处荞麦梁）进入今滦平地界，到柳河驿馆（位于滦平县红旗镇），过柳河（今伊逊河），翻越墨斗岭（今榆茨梁），再过滦河，到卧如来驿馆（位于滦平县大屯镇），过偏岭梁到新馆（位于滦平县平房乡），再翻越思乡岭（也称德胜岭，今十八盘梁），到达古北馆（位于北京市密云区古北口镇），之后到达辽南京（今北京），亲临前线坐镇指挥。

五月，萧绰亲披戎装上阵，一面率兵在正面与曹彬对阵，一面派耶律休哥包抄宋军后路，阻断水源粮道。曹彬所部大败。

辽圣宗统和二十二年（宋真宗景德元年，1004 年）深秋闰九月，萧绰领着辽圣宗耶律隆绪、韩德让，又一次经过滦平古北道一线到南京，率二十万辽国精锐部队南征大宋。辽军势如破竹，两个月的工夫，就一直攻到了澶州（今河南濮阳）。

辽国名将萧挞凛在察看地形时，被宋军用弩射中身亡。辽军未战先丧大将，士气大受影响。萧绰审时度势，又加上韩德让的劝告权衡，决定阵前议和。

辽宋达成"澶渊之盟"，宋辽约为兄弟之国，辽圣宗耶律隆绪称宋真宗赵恒为兄，赵恒则称辽皇太后萧绰为叔母；维持宋辽之间旧有的疆界；宋国每年向辽国提供岁币银十万两、绢二十万匹。双方结束了多年不息的争战，进入了长达百余年的相对和平时期。而经过滦平的古北道也成了宋使出使大辽的驿道，成了宋辽两国之间止战兴邦、休养生息之路，经贸合作、发展生产之路，文化交流、文艺繁荣之路，民族融合、团结统一之路。

另据《辽史》记载，除这两次征战外，萧绰还曾三次经过德胜岭（十八盘梁）在内的古北道巡视、捺钵到达过南京，古老的滦平大地曾留下过英姿飒爽的大辽萧太后的足迹。

滦平大地上走过的蒙古"三娘子"

三娘子（1550—1612年），史称"钟金哈屯""也儿克兔哈屯""克兔哈屯"等，蒙古黄金家族嫡系后裔。

明隆庆四年（1570年），瓦剌奇喇古特部落与俺答汗联姻，于是，芳龄二十岁的三娘子嫁给了俺答汗，成为王妃。此次婚姻的缔结，将三娘子推上了可以尽情施展才华的广阔舞台。万历十年（1582年）春，俺答汗逝世，依蒙古风俗三娘子被俺答汗子乞庆哈收继。乞庆哈死后，再嫁其子扯力克。三娘子嫁给三任土默特部首领，掌握兵权，众人畏服，明朝政府敕封为忠顺夫人。三娘子在东起蓟镇、宣大（明朝宣府、大同的合称，属于九边重镇的其中两处），西至甘肃地区与明政府开设"互市"（边境贸易），不用兵二十年。万历四十年（1612年）六月二十六日三娘子病卒，明朝亦遣使给予赐祭七坛的隆重祭礼。

为什么明朝政府对三娘子如此器重，给予高规格的礼遇？这与她为明朝守边保塞，加强汉蒙民族之间的交流融合是分不开的。

生长在蒙古贵族家庭的三娘子天生丽质、聪慧过人。她饱读诗书，性格豪爽，擅长歌舞骑射。长大后，三娘子能文能武、胸襟开阔、通达事务，深受部落民众的喜爱。有关史籍记载说她"幼颖捷，善番书，黠而媚，善骑射"。

嘉靖二十九年(1550年)，蒙古土默特部首领俺答汗因与明政府"贡市"不成遂发动战争，该年为干支纪年庚戌年，故名"庚戌之变"。六月，俺答汗率军犯大同，总兵官张达和副总兵林椿皆战死。时任宣大总兵的仇鸾惶惧无策，以重金贿赂俺答汗，使移寇他塞，勿犯大同。八月，俺答汗移兵东去，八月十四日，入古北口，杀掠怀柔、顺义吏民无数，明军一触即溃，俺答汗长驱入内地，扎营于潞河东二十里之孤山(今通州东北)、汝口等处，京师戒严。

俺答汗兵自白河渡潞水西北行，十九日至东直门。二十一日德胜门、安定门北民居皆被毁。当时俺答放回了在通州俘虏的宦官杨增，他手持俺答汗的书信回复明廷，称："予我币，通我贡，即解围，不者岁一虏尔郭！"八月二十二日，俺答汗由巩华城(在昌平县)攻诸帝陵寝，转掠西山、良乡以西，保定皆震。明朝政府与俺答汗双方议和，达成在大同等地开辟互市贸易的协议。俺答汗才撤兵出古北口回蒙古境。

之后俺答汗又多次挑起战端，经过二十多年连绵不断的战争，明军的顽强抵抗使俺答汗的军队损兵折将，人民流离失所，农牧业生产萧条。原本有利可图的南下劫掠又变得损失惨重，入不敷出。同时，由于俺答汗曾经向明朝称臣，出身黄金家族的部落对他的汗位蠢蠢欲动，更威胁了俺答汗的地位。这些令俺答汗不得不重新审视与明朝的关系。

正是在这种形势错综复杂、关系高度紧张的时期，三娘子嫁给了俺答汗。三娘子以其聪明才智力排众议，积极主张与明朝政府和好。

1571年3月，经过三娘子的不懈努力，双方终于宣布休兵罢战，化干戈为玉帛，实现了通贡互市。

与明朝政府实现通贡互市之后，塞外草原上的几千里边境地带很快出现了一派祥和、安定、繁荣的景象。明史籍中对此评价道："朝廷无此后顾之忧，戎马无南牧之儆，边氓无杀戮之残，师旅无调遣之劳。"此后，三娘子积极维护与明朝的友好和贡市关系，使得蒙汉人民可以自由贸易，草原上诸部落对她更是口服心服，甘愿受其约束。每当互市时，常常出现两族人民"醉饱讴歌，婆娑忘返"的情景。后来，明朝政府封俺答汗为顺义王，封三娘子为忠顺夫人。

万历十年(1582年)，俺答汗去世，三娘子立即将这一消息呈文告知明朝政府，并上贡白马9匹，镀金撒袋1幅、弓1张、箭15支，以表示继续忠顺。明朝政府也立即派遣使者携带厚礼前来祭吊俺答汗，三娘子当时以主人的身份答谢明朝使者。

俺答汗去世后，所有进出关口者均须携带三娘子签发的文书方准通行，三娘子从此开始执掌兵权。她的一举一动都与北方地区的局势息息相关，明朝政府深知这一利害关系，又赏赐三娘子大红五彩纻丝衣两袭、彩缎六表里、木棉布二十匹。

三娘子非常仰慕中原的风尚，经常亲自前往明朝边关军营中走动，与边关将领的关系极其融洽。有记载说，蓟镇总兵戚继光一次视察督修古北口段长城（包含金山岭长城），曾在这里驻守办公三个月。当时正值由秋入冬时节，三娘子得知后，亲率百余人的使团，携带贵重礼品、食物和毛毡等物资，东出蒙古，沿着古驿道（经过滦平的古北道，途经滦平）来到古北口慰问明军将士。戚继光将中原贵妇穿戴的八宝冠、百凤云衣等物品馈赠给三娘子本人，并赠送使团食盐、茶叶等生活物资作为答谢。

古道雄关十八盘

　　三娘子的一生是传奇的一生，但是她的传奇又是如此不同。她没有传奇女人该有的心计和手段，也从不利用自己的美貌获取利益，甚至不靠"帝王血脉"来维持自己的地位。在她美丽的外表下，有的是男儿一般的铁骨热血和坚强毅力。她心怀天下，为了大体牺牲小我，成为一个民族团结的捍卫者，一个伟大的政治家。

　　不仅如此，据有关资料论述和当地的民间传说，还有东汉的蔡文姬、北魏的花木兰等许多巾帼英杰，都曾经在这里留下足迹和故事。历史不会尘封在记忆里，曾经从宋辽驿道上走过的这些巾帼英雄，或有着捍卫国家统一的雄才大略、维护民族团结的情怀担当，或有着精忠报国的英雄风采、以天下为己任的高尚品质，无不体现出以爱国主义为核心的团结统一、爱好和平、勤劳勇敢、自强不息的伟大民族精神。

　　雄关漫道真如铁，而今迈步从头越。这样的精神将继续鼓舞今天生活在这方热土的三十三万滦平儿女，奋发拼搏、砥砺前行，以勤劳和智慧书写滦平发展繁荣的崭新篇章。滦平的新时代女性，也将创造出无愧于国家和民族，无愧于历史和当代的辉煌业绩。

悠远厚重的十八盘

曹伟刚

从承德市驾车一路过来，一个小时左右，从滦平县城北侧驶过，翻过一道山梁，就到了平坊满族乡的地界，沿着353省道前行不一会儿，有路标指引我们拐入边营村。虽时值盛夏，可天气晴朗温润。道路两边芳草青青，山花烂漫，像是在迎接我们一行采风团的客人。小村周边果树不少，苹果、梨、桃子、大枣……青果挂枝，随风摇曳。随手摘下一个尝尝，汁水丰富，酸甜可口，瞬间缓解了旅途的疲劳。

停车于一片空地，诸位"下马观花"，环顾小村，似乎是坐落在一个小小的盆地里，也有些房屋依着起伏的山势而建。鸟语花香，炊烟袅袅，山川秀丽，环境宜人。村中的小广场上几位老人享受着儿孙的绕膝之乐，与村东那充满灵气的山谷、清澈的溪流一起，将一幅田园牧歌式的画卷展示在我们眼前。

古朴而接地气，好美的边营村！

塞外大山里的这个小村让我嗅到了一种隔世的味道，淡雅，飘忽，虽久远却有灵气。我参观过许多古村老镇，要么断壁残垣，破败不堪，要么大兴土木，极具商业现代气息，而我们的东沟村却保存得恰到好处，古旧的房屋建筑极富生命力，都在使用中。与附近声名显赫的周台子、古北水镇等村镇相比，她依然是藏在深山人未识。正因为如此，她才对城里人极具诱惑。

接待我们的是河北省军区原副司令员、已经荣休的王志国将军。刚一见面，看他和颜悦色的神态，以为他是个村镇干部，当听到有人叫他"王司令"时，还以为是开玩笑，没想到他真的是位军中首长。但也看不到他有什么赳赳武夫的痕迹，言谈举止多温文儒雅。有人告诉我，他老家就是这儿的，青年时期离家从军，保家卫国，戎马生涯大半辈子；退休后"落叶归根"，又回到生他养他的这片黄土地，开始他人生的又一个起点：挖掘传承家乡的历史文化，搜集整理东沟村和十八盘古驿道的文脉；致力于家乡的经济、文化和新农村建设，不遗余力地组织宣传推介。这已成为他回归故土耕耘播种的最好的庄稼！

谈起东沟村和十八盘古驿道，王司令如数家珍。

东沟村在千百年前就是十八盘古驿道边的村落，古老的潮里河源头十八盘梁，是历史上中原农耕文明与东北游牧民族沟通融合的重要通道。在宋代使辽诗中傲然崛起的十八盘梁古驿道，汇聚着厚重的历史文化积淀。

相传，汉将军李广抗击匈奴，途经此地，见此柏树生于崖缝而生机盎然，堪称奇观。为警示将士勿砍伐此古树生火造饭，弯弓射石留令："毁树者当如此石，杀无赦！"宋祁无法考证接伴使所言传说故事的真伪，细打量巨石，上面果然有疑似箭孔的石洞。满腹经纶的宋祁登高极目北望，见天地朗朗，金风飒飒、落叶萧萧，思汉想宋，感慨万千，当即写下《柏树》一诗："昔托孤根百仞溪，何年移植对芳蹊。云岩烈麝相思久，怅望清香未满脐。"宋祁的诗句多用绮丽深奥的典故，比较难懂，但这首诗较为平实。前两句写实，推测不知年岁的古柏来路；后两句抒情，话锋陡转，借"麝"说事，似乎在委婉表示对丧失国土的思念，怅然于收复失地的时机尚未成熟。收复幽云十六州北方失地，是贯穿整个宋代文人墨客的终极理想和信念。

时光荏苒，岁月更迭。到了千年以后的长城抗战时，十八盘古驿道又留下了一个"一枪毙六敌"的传奇：古北口长城抗战期间，一队从古北口前线溃败下来的日本骑兵，取道十八盘隘口东返时，埋伏在附近的抗日义勇军正伺机杀敌。此时，恰巧一架日军飞机在上空盘旋侦察。义勇军战士急中生智，瞄准敌机果断一枪。敌机迅速升高，后俯冲下来，对准毫无遮挡的日军人马狂轰滥炸，六个日本兵和八匹战马一命归西。

古人讲究天人合一，顺其自然。在村中行走，发现东沟村的民居大多是小小的四合院，既古朴又有特色，乍一看建造好似简单，细品味却回味无穷。它把古人的智慧完美地传承下来，并有所发挥，让人赞叹不已。

北方农村的四合院之所以有名，还因为它虽为居住建筑，却蕴含着深刻的文化内涵，它的营建是极讲究风水的。所谓风水其实就是中国古代的建筑环境学，这种风水理论，千百年来一直指导着中国古代的营造活动。细端详东沟村四合院的装修、雕饰和外墙上的彩绘，处处体现着民俗民风和传统文化，表现一定历史条件下人们对幸福、美好、富裕、吉祥的追求。如以蝙蝠、寿字组成的图案，寓意"福寿双全"，以花瓶内安插月季花的图案寓意"四季平安"，而嵌于门楣上的吉辞祥语，附在檐柱上的抱柱楹联，以及悬挂在室内的书画佳作，更是集贤哲之古训，采古今之名句，或颂山川之美，或铭处世之学，或咏鸿鹄之志，风雅备至，充满浓郁的文化气息。走进这样的庭院，有如步入一座中国传统文化的殿堂。

凝神静看眼前的村庄和古道，古朴自然，深处燕山北麓莽荒苍茫的大山里，神秘，悠远，却依然带着岁月的古旧和历史的厚重⋯⋯

"使辽诗"与其他

赵启林

> 长亭外 古道边
> 芳草碧连天
> 晚风拂柳笛声残
> 夕阳山外山
>
> 天之涯 地之角
> 知交半零落
> 一壶浊酒尽余欢
> 今宵别梦寒……

李叔同先生的《送别》是一首妇孺皆知、耳熟能详的经典之作。就像其名字一样，作品所写内容自然是关外离别之意。然而，如果提起另外几位宋代大家的关外离别之作，恐怕会有很多朋友并不十分熟悉。

在漫漫历史长河之中，北宋算是一个相对安定的国度，但北方的辽、西夏、金却相继骚扰、蚕食，以致吞并其地。在这种情况下，肩负着外交使命的许多朝臣，便成了当时被派遣出使辽、西夏及金国的使者,而兴盛于北宋的奉使诗,也即因此而肇始。其中,最具代表性的,即为使辽诗。大体而言,北宋使辽诗所涉及的地理范围,乃由今河南开封(北宋汴京)至黑龙江阿城南之白城(辽上京),全程有近两千公里之遥。其中,宋辽驿道所途经的燕山山地路段(即今承德地域),以其山势险峻、沟壑纵横而闻名。这些使辽诗,由于皆以作者的亲历亲见亲闻为创作主体,因而具有强烈的现实性与鲜明的时代特征。透过那一首首浸润着作者们或悲愤或喜悦或忧伤的使辽诗,我们不难看出属于那个特定时代的"驿路经济",及其在促进当时经济社会发展过程之中所发挥的重要历史作用。

《白沟行》——山河残破、边塞失防的真实写照

在宋代的政治家中,王安石是唯一一位被列宁誉为"中国 11 世纪的改革家"的宋代名相,颇具改革精神的著名政治家、思想家、诗人。

王安石的使辽诗虽然并不广为人知,但无论是从其所蕴含的深刻的时代背景,还是其对作者本人后期政治生涯所带来的巨大影响来看,他的使辽诗都具有十分重要的历史积极意义以及无可估量的史料价值。数次往来宋辽驿道的所见所闻所感带给王安石的不仅仅是几首使辽诗,更有对宋辽两国前途命运的深刻思考。可以说,往来于宋辽驿道之上,信马拈诗之际,一个能让大宋王朝富国强兵、拓疆安民的百年大计已然在王安石的脑海中勾勒成形。

因此,从某种意义上说,没有王安石的使辽及其使辽诗,就不会有随之而来的熙宁变法即王安石变法。

白沟,北宋时期宋辽之间的界河。西起沉远泊(今河北保定市北面),东至泥沽海口(今天津市塘沽南面),河、泊相连,弯弯曲曲达

四百多公里。

　　五代后期，后晋石敬瑭拜契丹（后改称辽）主为父，并奉上了燕云十六州土地。宋建国以后，太祖、太宗经过几次征战都没有达到收复失地的目的。太宗于是转攻为守，逐步利用冀北平原塘、泊、河、渠构筑了一条长达四百多公里的白沟，作为防御辽兵南下的屏障。宋辽"澶渊之盟"以后遂成为双方的法定国界。

　　稍有军事常识的人都知道，漫长的平原防御工事很难在战争中发挥重大作用。辽使刘六符就曾经直言："一苇（船）可航，投箠（马鞭）可平，不然决其堤，十万土囊可逾矣。"据《续资治通鉴》记载，至王安石初次使辽之时，白沟塘、泊已年久失修，有些地方甚至可以徒步走过。加之守将庸懦，兵丁又都是老弱病残，已经无边防可言。所幸，其时辽朝内乱不止，也已无力南下，白沟两岸才算没有战事发生。而北宋内政不修，国力衰弱，收复燕云十六州也早已化为泡影。

　　宋嘉祐四年（1059年，一说是公元1060年），王安石奉命出使辽国，往来经过白沟，有感而发写了这首《白沟行》。

白沟行

白沟河边蕃塞地，送迎蕃使年年事。

蕃马常来射狐兔，汉兵不道传烽燧。

万里鉏耰接塞垣，幽燕桑叶暗川原。

棘门灞上徒儿戏，李牧廉颇莫更论。

　　送迎蕃使：自宋真宗景德元年（1004年）起，北宋每年要向辽交纳大量银绢以为"岁币"，两国岁岁通使往来。故诗中云"年年事"。蕃马：指辽国军人。射狐兔：狩猎野兽，实际是指辽军越境骚扰。这两句说明宋军对辽国的防御十分麻痹松懈。幽燕：指今北京、天津及河北北部一带地区。桑叶：代指农桑，即庄稼，暗川原：山川原野一片翠绿。这两句叙述经过辽国占领区所见情景。李牧、廉颇都是战国时期赵国（都城在今河北邯郸市）名将，都曾打败过北方强敌。这两句是批评当时北宋派去防辽的边将庸碌无能，松松垮垮，名为防敌，实同"儿戏"，无法同李牧、廉颇相提并论。

王安石是一位力图富国强兵，具有远见卓识的政治家、思想家。当他亲眼看到大片领土处在异国的统治之下，而边防又是如此不堪，忧国忧民，变法强兵之情油然而生。诗的最后两句表面看是尖锐批评守将无能，而实质上则是发泄对朝廷屈辱求和，不重视边防政策的不满。

实际上，恰在此前一年，王安石就已经提呈了《上仁宗皇帝言事书》，系统地提出了变法主张。但在仁宗、英宗两朝没有引起足够重视，变法主张未能得到积极响应。诗中，作者抚今思昔，感叹宋朝驻守边境的将官将边防当作儿戏。全诗表现了作者对当时普遍存在的武备废弛、边将所任非人和轻敌麻痹现象的深深忧虑，并暗喻了他对朝廷对辽屈辱求和政策的不满，揭示了山河残破、边塞失防问题的症结之所在；亦为自己已经提出的变法主张做了一个有力的诠释，为日后即将实施的新政营造了一定的舆论氛围，奠定了一定的思想基础。

《奉使道中五言长韵》——精美雅致的北国风物图卷

欧阳修与王安石，虽然都是北宋政坛上的宰相级人物，但二人的使辽诗却各不相同。王安石的使辽诗，重在对边地人民期盼平息辽兵侵扰心情的描写。而欧阳修的 11 首使辽诗，则是重在记述作者出使辽国的始末之况，以及所见所闻。

在这方面，欧阳修的《奉使道中五言长韵》最具代表性。全诗以平易洗凝的语句，在叙述完自己的使辽过程后，对辽国的君臣礼仪、京师风貌、人文风习等进行细致勾勒，对于北国严寒的冬景等也进行了描述，不啻为一幅精美雅致的北国风物图卷。

奉使道中五言长韵

初旭瑞霞烘，都门祖帐供。亲持使者节，晓出大明宫。

城阙青烟起，楼台白雾中。绣鞯骄跃跃，貂袖紫蒙蒙。

朔野惊飙惨，边城画角雄。过桥分一水，回首羡南鸿。

地理山川隔，天文日月同。儿童能走马，妇女亦腰弓。

度险行愁失，盘高路欲穷。山深闻唤鹿，林黑自生风。

松壑寒逾响，冰溪咽复通。望平愁驿迥，野旷觉天穹。

骏足来山北，轻禽出海东。合围飞走尽，移帐水泉空。

讲信邻方睦，尊贤礼亦隆。斫冰烧酒赤，冻脸缕霜红。

白草经春在，黄沙尽日蒙。新年风渐变，归路雪初融。

祗事须强力，嗟予乃病翁。深惭汉苏武，归国不论功。

这首《奉使道中五言长韵》是欧阳修于仁宗至和二年（1055年）冬天，奉命出使位于今内蒙古宁城县的中京大定府，祝贺辽新君登基于归途之中所作。

欧阳修从东京（今河南开封）出发，一路北上，穿过燕山山脉进入大草原，沿途看到了许多契丹人独特的风俗，如鞍马骑射、行围打猎、纵鹰走马。此外，他还饱览了北国的山川大地、森林河流。

"初旭"四句意思是：初升太阳的光芒衬托出一片吉祥的彩霞，京都的城门旁准备好了送行的酒筵。亲自拿着使者的凭证，清晨从大明宫出发。初旭：日出时的阳光。瑞霞：吉祥的彩霞。祖帐：古代送人远行，在郊外路旁为饯别而设的帷帐。亦指送行的酒筵。节：古代出使外国所持的凭证。

　　"城阙"四句意思是：京城中升起青色的烟雾，楼台还被笼罩在迷蒙的白雾之中。欢跳的骏马上垫着刺绣精美的鞍鞯，貂皮袄的袖笼泛着朦胧的紫色。城阙：城市，特指京城。跃跃：跳动迅速的样子。貂袖：貂皮袄的袖笼。

　　"朔野"四句意思是：北方荒野之地狂风使人难以忍受，边城画角吹奏出雄壮的乐曲。走过一座桥，一条河把疆域划分为两国，回头望望南飞的鸿雁，此时是多么羡慕它们呀。朔野：北方荒野之地。惊飙：突发的暴风；狂风。画角：古代管状乐器，以竹木或皮革等制成，因表面有彩绘，故称。发声哀厉高亢，古时军中多用以警昏晓，振士气，肃军容；帝王出巡，亦用以报警戒严。

　　"地理"四句意思是：契丹与中原虽然地域被山川阻隔，但是有同样的日月和蓝天。这里的儿童都能骑马奔驰，妇女也会骑马射箭。

　　"度险"二句意思是：曾为路途艰辛困苦难以度过犯愁，有时几乎失去信心，盘旋的高山上道路仿佛到了尽头。幽深的山谷中听到野鹿的鸣叫，高大茂密的树林里光线暗淡而且会形成阵阵大风。

　　"松壑"四句意思是：长满松树的沟壑寒冷，松涛响声阵阵，结了冰的溪流被阻塞后又通畅了。往远望去为距离驿站遥远而惆怅，站在空旷的荒野感觉天空和大地相连。迥：远。天穹：从地球表面上看，像半个球面似的覆盖着大地的天空。

　　"骏足"二句意思是：骏马来自山北方辽阔的草原，飞鸟出自东部食物丰美的沿海。行围打猎使得飞鸟和野兽都没有了，拔起帐篷离开的时候水泉都干枯了。骏足：骏马。轻禽：飞鸟。

　　"讲信"四句意思是：契丹人恪守诚信，邻邦和睦，尊重贤德，社会礼仪兴盛。用刀、斧凿冰取水，喝赤红色的高粱烧酒，筵席上有冷冻的像霜叶一样鲜红的牛羊肉。隆：兴盛。斫：用刀、斧砍。脍：细切的肉片。

"白草"四句意思是：白草经过一年四季还依然在随风起舞，大风刮起的黄沙把太阳遮住了，整个天空一片昏黄。春风渐暖，回去的路上雪已经开始融化。白草：指一种干熟后变成白色的草。

"祗事"四句意思是：敬业尽职需要强大的力量，可叹我是一个患了疾病的老人，深感与汉朝的苏武不失气节相比很是惭愧，回国的时候不评定功劳大小。祗事：敬业尽职。嗟予：可叹我。

契丹民族所生活的地区疆域辽阔，放眼望去天地相接，夏季河流宽广、水草丰茂，冬季却朔风凛冽、寒气逼人。顽强的契丹民族在此地区繁衍生息，形成了以勇悍尚武为主要特征的游猎文化。诗人文笔雄健，构思巧妙，意境空灵，再现了契丹民族所生活的塞外沙漠、草原风光和北方游牧民族独有的游牧狩猎的生活方式，尽显契丹地域风貌。

"儿童能走马，妇女亦腰弓"，展现了契丹民族无论老幼、妇孺都具备的勇武性格与豪爽气质。

"白草经春在，黄沙尽日蒙。"可以看出沙尘暴自古就有。春意渐浓的时节，南国该是春意盎然，生机吐露，可辽国的腹地依旧春寒料峭，与冬天没有太大的区别。"松壑寒逾响，冰溪咽复通。"长满松树的山谷寒风猛地吹响，结冰的溪水下面却水流淙淙，直接体现北方独特的地理环境。

欧阳修的这首诗意境雄浑、风格纯朴，用精练的语言描绘出契丹民族逐水草畜牧，以鞍马车帐为家的景色与风俗，及特殊的地域所赋予契丹人的豪迈之情与崇尚生命之精神。

《大小沙陁》——一路牵南北，宋辽始和谐

彭汝砺，饶州鄱阳（今江西鄱阳滨田村）人。哲宗元祐六年（1091年），胸怀坦荡、刚正不阿，宦海沉浮20余载的彭汝砺，于天命之年以集贤殿修撰、刑部侍郎充太皇太后贺辽主生辰使的身份，出使辽国，其《鄱阳诗集》中的60首使辽诗，即皆写于此际。

雄关漫道，雪花飞舞。彭汝砺出使之时，恰在冬季。在这些诗中，作者不仅将沿途所见之辽国山川、沙漠、草原、霜雪、鸟兽等大自然景观，进行了生动而形象的描述，而且还详细地叙写了辽国的畋猎、服饰、礼仪、风俗、民情等人文风貌。

与王安石不同，彭汝砺使辽之时，燕山之地已经过了几十年的休养生息，虽时值隆冬，但宋辽长期和平共处带给当地百姓的祥和景象依然清晰可见："伶人作语近初筵，南北生灵共一天。祝愿官家千万岁，年年欢好似今年。"（彭汝砺《记中京伶人口号》）

另一首《记使人语呈子开侍郎深之学士二兄》，也记述了作者目睹之真实情景："往来道路好歌谣，不问南朝与北朝。但愿千年更万岁，欢娱长祗似今朝。"这两首诗，一通过伶人的口号，"祝愿官家千万岁，年年欢好似今年"，一以"记使人语"的形式，"但愿千年更万岁，欢娱长祗似今朝"，都是对"南北生灵共一天"和谐局面的称赞与肯定。

沿着崎岖不平的驿道一路北行，彭汝砺一行过了古北口就进入了今天的承德区域。在彭汝砺眼中，冀北之地，中原之农耕文明风气也已初露雏形。1007年，辽中京建成，并在现今的滦河流域设置了北安州，这也正是承德区域经济社会得以进一步发展的最佳时期。《辽史·食货志上》记载了契丹不同时期对于农业的重视，如"统和十五年，募

民耕滦河旷地，十年始租，"这足以说明早在 997 年，农耕文明的种子已经在燕山大地蔓延生长。

在燕山深处的新馆与卧如来馆之间横亘着一条山岭，驿路曲折盘旋，山峰高耸入云。这座山就是彭汝砺诗中多次提到的"望云岭"。望云岭，即今滦平县西南的十八盘岭，为辽时出古北口赴中京驿路必经之地。

离京使辽负国运，驿路边关十八盘。望云岭上，彭汝砺与辽国派来迎接的馆伴使把酒言欢，谈笑风生。远远望去，连绵不绝的山岭尽处便是茫茫大漠，和平的气氛自望云岭绵延不绝，袅袅不散。

大小沙陁

南障古北口，北控大沙陁。

土地稻粱少，岁时霜雪多。

古来常用武，今日许通和。

岂乏骠姚将，君王悟止戈。

据沈括《熙宁使辽图抄》载，大沙陁约在辽国上京道永州南土河以北至潢河一带（即今内蒙古西拉木伦河流域），小沙陁约在永州南土河中游以南（即今内蒙古乌兰图格以南地区）。沙陁：沙碛，此指沙漠。稻粱：稻和粱，这里总称谷物。通和：互相往来和好。骠姚：指霍去病。

当冰雪融化、东风初至之际，身在异国的诗人，不仅油然地想到了自己的祖国，想到了家中翘首以待的妻子儿女，进而期盼着"君王悟止戈"，希望自己眼前看到的和平景象能够真正带给人民幸福安康。

宋辽通使百余载，驿路边关十八盘。风流人物今何在，唯有华章越千年。

古北口外，斜阳夕照里，昔日艰险异常的宋辽驿道上，斑驳的车辙印痕今天依然清晰可见。驿道旁，大康八年（1082 年）的汉文记事碑刻，以及元代梵文和八思巴文的六字箴言摩崖石刻悠然地向往来穿梭的人们默默地讲述着千年的传说。王安石、欧阳修、彭汝砺、苏辙，一个个大宋重臣的足迹不灭，他们留下的不朽诗篇，如缕缕春风不停地向人们昭示着历史车轮滚滚向前的世纪箴言。

大道之行

刘国春

1004 年秋，辽宋发生澶州之战。1005 年 1 月，宋辽在澶州订立和约，史称"澶渊之盟"。盟约规定，宋真宗以辽萧太后为叔母，辽圣宗称宋真宗为兄；宋每年向辽输"岁币"——银十万两、绢二十万匹；两朝罢兵，各守旧界……澶渊之盟之后，为创设相对安定的社会政治环境，发展南北两国经济，辽宋之间以和平通使代替了兵戎相见，在战国、秦汉故道的基础上开通了宋辽驿道。

历史上的辽宋边界，就在今天的河北省中部，拒马河（即白沟河）之故道，曾经是辽宋之间有名的界河。从东京汴梁（河南开封）出发，过辽宋界河白沟，经辽南京（今北京）、辽中京（今内蒙古宁城县大明镇），到辽上京（今内蒙古巴林左旗南），共建驿道 1800 多里，沿途修筑驿馆 32 座，另外还设有支线驿道。

辽帝经常在"捺钵"地点接见宋使，因此宋使并不一定必须到辽上京。辽使有时也从中京、南京出发，出使到达北宋东京汴梁。因此白沟—南京—中京这段长约 1140 里，有驿馆 20 座的驿道，成了绝大多数宋辽使臣的必走之路。其中在今北京市境内驿路约有 350 里，驿馆 7 座；在今内蒙古境内驿路约 100 里，驿馆 2 座；而最为庞大的，还是在今河北省承德市境内，驿道约 690 里，驿馆 11 座。而在滦平县境内，驿道总长度就达到200余里，设有驿馆3座，"顿馆"（临时休息与用午餐的地方）3处。驿道过古北馆（位于北京市密云区古北口镇）进入现滦平境内，途经思乡岭（今十八盘梁）到新馆（位于滦平县平房乡），过偏岭梁到卧如馆（位于滦平县大屯镇），过兴洲河、滦河、墨斗岭（今榆茨梁）、柳河（今伊逊河）到柳河馆（滦平县红旗镇）。然后过度云岭（又名契丹岭，现滦平县与隆化县交界处荞麦梁）到打造部落馆，再继续向东北行经另外8处驿馆，直至辽中京。

宋辽驿道的开通及互派使者制度的建立，把南北两个"国家"牵连起来，迎来120多年的和平时期。每年双方几乎都互派使节，在政治、经济、文化等各领域进行沟通、交流，对当时的社会发展乃至中华民族的团结统一都具有重大意义。

止战兴邦、休养生息之路。从宋太宗太平兴国四年（辽景宗乾亨元年，979年），太宗伐北汉，与辽援军第一次大战开始，到宋真宗景德元年（辽圣宗统和二十二年，1004年）共25年间，宋辽双方大小战役无数，仅主要史书有明载的斩首级数就有十余万，战死的将士至少有数十万，而因战乱而死的百姓尚无法统计。澶渊之盟及宋辽驿道开通后，宋辽统治者共同声明"质于天地神祇，告于宗庙社稷，子孙共守，传之无穷。有渝此盟，不克享国，昭昭天鉴，当共殛之"。这样结束了辽宋之间几十年的战争，此后辽宋边境长期处于相对和平的状态，"生育繁息，牛羊被野，戴白之人，不识干戈"。两国百姓免受战争之苦，人口增加，生产恢复，生活安定。

经贸合作、发展生产之路。澶渊之盟以后，北宋在边境上的雄州（治今河北雄县）、霸州（治今河北霸州）等地设置榷场，开放交易。汉民族先进的生产工具和技术通过驿道传入辽国，被契丹、奚等民族进一步学习和应用，促使我国北方农业发展达到一个全新的水平。北宋的香料、犀角、象牙、茶叶、瓷器、漆器、稻米和丝织品等商品也通过驿道源源不断地运往北国，辽的羊、马、骆驼等牲畜也被交易到宋境。民间的交易也很发达，尤其是辽国的盐被贩运到宋地销售，对宋朝的食盐专营造成一定的冲击，这是历史上自由贸易的一次有益尝试。北宋的制瓷和印刷技术传往辽国，促进了北方地区手工业的发展和兴盛。承德市各县区在历次考古发掘中，出土众多宋辽时期的瓷器、漆器、铜钱等文物，其中有些是通过驿路贸易流入辽境的，有的则是宋瓷的仿制品，有着鲜明的契丹民族特色（如滦平县博物馆的白釉皮囊壶）。畅通的商品贸易，直接促进了两国农业、畜牧业的发展，制瓷、造纸等手工业的兴盛壮大。宋辽两国又积极开展贸易活动，使宋辽时期达到了中国古代封建社会经济发展的巅峰。

文化交流、文艺繁荣之路。辽并不像其他的少数民族政权那样，企图以胡化汉，而是主动接触汉族文化。宋辽驿道开通后，欧阳修、苏辙、包拯等一大批重要文臣作为大宋使臣出使大辽，到达辽南京、中京、上京，除完成政治使命外，对契丹文学艺术的发展也起到了积极的促进作用。元祐四年（1089 年）十月，苏辙奉旨离开京师出使辽国，庆贺辽道宗耶律洪基的生辰。刚到达燕京，前来迎接的辽国接伴使便问起其兄苏轼的新作《眉山集》，并提议大苏还是应该出版全集才好，苏辙不由得再以诗记之："谁将家集过幽都，逢见胡人问大苏。"可见辽国的君臣对苏轼的文学作品熟知和崇拜程度。受汉文化影响，辽国出现了众多的诗词大家，留下许多脍炙人口的作品。一代才华横溢的契丹族女诗人萧观音，工诗词，好音乐，其现存作品有诗四首、词十首、文一篇。萧观音最有影响的作品是《回心院》词十首。此外，宋辽在建筑雕刻、书法绘画、制瓷、玉石雕刻等方面都有广泛的交流。契丹胶闻名遐迩，当时的宋人也纷纷收藏、使用，大文豪苏轼制墨使用的就是契丹胶。此外，契丹族的歌舞艺术节奏欢快、热情奔放，传入宋境后深受汉族君臣和人民群众的喜爱。契丹文明是华夏文明不可或缺的组成部分。

民族融合、团结统一之路。辽太祖及其子辈都非常仰慕中原文化，他们按照唐制设立了南院官署，按照科举制选拔官吏。并拜祭孔子，确立了儒家思想的统治地位。辽国的统制分北院与南院。宋辽驿道开通后，辽国南院官署及汉族官员，包括南院大王都穿汉族官服。在冀北平原和山地区，契丹人民和汉族人民相互通婚，共同生产生活，民族高度融合。到耶律洪基时，契丹人与汉人已没什么区别了，甚至连契丹语都不会说了。宋、辽之间百余年间不再有大规模的战事，礼尚往来，通使殷勤。辽朝边地发生饥荒，宋朝也会派人在边境赈济，宋真宗崩逝消息传来，辽国朝野亦举国志哀，以示恭敬。

目前，宋辽驿道京南河北平原区的遗迹，由于农业生产和城镇建设保存下来的已不多，而承德包括滦平在内地处山区丘陵，驿路遗迹众多。滦平县已列20余处宋辽驿道重点保护单位，是全市该项文化资源最为富集的地区之一，具有十分重要的文化发掘价值和良好的开发利用前景。发掘和宣传推介滦平乃至承德其他县区的宋辽驿道文化，保护珍贵的历史文化遗产，借此不断提高承德地区的文化魅力与实力，有利于提高人民群众的文化自信力与凝聚力，可为经济发展和社会进步提供更为丰富的重要文化支撑。

宋辽古驿道在滦平所经过的镇村，保存着大量的古迹遗存和文化传承现象，文化底蕴极其深厚。其中红山文化遗址、山戎文化遗址出土了大量珍贵文物，石雕女神像被称为"华夏老祖母"，蛙面石人雕像有力佐证了古代民族对动物的图腾崇拜。除金山岭明代长城保存完好外，这里还有汉代长城、北齐长城遗迹，大屯小城子村和兴洲村分

古道雄关十八盘

别有汉代、金代古城遗址。清代早期御路与宋辽古驿道基本重合，在滦平境内的 24 个清代皇庄、王庄（府庄）有 18 个在其沿途范围内。这里有国家级非物质文化遗产抢花，省级非物质文化遗产棉花鬼、邢氏桃木雕刻等多项文化传承。此外沿途的巴克什营、火斗山和金沟屯三个镇都是普通话标准音采集地，整个滦平被誉为普通话之乡。

以宋辽驿道为线，穿起红山文化、山戎文化、使辽文化、长城文化、移民寻根文化、清代御路满族文化、普通话文化等颗颗珍珠，可以将滦平灿烂的文化全方位地展现在世人面前。

滦平县在 2017 年承办承德首届旅发大会，2018 年举办首届"旅游文化节"，均取得圆满成功，旅游文化产业发展方兴未艾。从古北口进入滦平境内，以三座驿馆为点，建设和还原宋辽驿道休闲旅游专线，感受古时的使节文化、辽国"四时捺钵"文化、沿途的普通话文化、满族皇庄文化，必将是一种全新的文旅体验，以此助推沿途的文化产业扶贫、全域旅游和美丽乡村建设。打造这样一条文旅线路，使之成为与"金山岭长城御路文化"并行的文旅产业带，打造滦平文化繁荣和经济发展的"一带一路"，可以推动滦平全域旅游事业的大发展。

随着京津冀协同发展上升为国家战略，滦平以优越的自然环境和良好的空气质量被确定为京津的重要生态涵养区和水源地，拥有了得天独厚的发展优势和机遇。在滦平举办的"宋辽古驿道十八盘—京津冀千人徒步大会"和半程山地马拉松体验跑活动做了有益的尝试，以健身康养、观光体验为理念的活动有力地宣传了宋辽驿道文化，吸引京津冀众多企业家前来考察。宋辽驿道连接起雄安新区、北京、天津、承德等地，这是京津冀的一条绿色产业带，以宋辽驿道文化为依托，吸引京津文旅产业和资金进一步向滦平聚集，使滦平更好地融入京津冀协调发展的大格局之中，形成优势互补，推动整个京津冀协同发展战略的实施。

宋辽驿道沿路聚集许多具有历史文化记忆、民族地域风情的特色小镇、村落。应抓紧制订传统村落保护发展规划，抓紧把有历史文化价值的传统村落和民居列入保护名录，着力保护古村落和古民宅。乡村文化是中华优秀传统文化的根和魂，保留着许多农耕文明的基因。保护和发展有地方特色、民族特色的乡村优秀传统文化，留住乡村记忆。以宋辽驿道文化为依托，吸引滦平籍企业家和乡贤名士回乡投资兴业，建设以农民合作社为主要载体的集创意循环农业、农事体验于一体的田园综合体，打造一批精品文化旅游产业项目，让农民充分参与和受益，从而进一步推进乡村振兴和农民致富。

宋辽驿道是一条止战兴邦、和平发展的康庄大道，更是一条文化交流、民族融合的阳关大道。对于河北滦平宋辽驿道文化的发掘和推介对承德经济转型、社会发展和文化建设具有重要意义，将为加快推进承德国际旅游城市建设打造出新的文化品牌。宋辽驿路文化是拉近京津冀时空距离，增进人民群众密切交流，加快京津冀协同发展的重要文化资源。

千年驿道越千年，和平共融世代传。一路花开风正好，京津携冀谱鸿篇。

古驿道·十八盘梁

张继平

　　十八盘村是我熟悉的地方，它位于滦平县城和我老家双栅子村之间，省道滦赤线穿村而过，是我上学、赶集、工作、回家的必经之地。

　　民国时期，这个村子有个大地主叫刘柏臣，开个大店铺，供贩卖牛、羊、骡、马、骆驼的人吃住，后来开烧锅卖酒。吴志远的东店、马占元的西店、马占成的北店也都曾兴隆一时。另外，还有马占发、王占青、张文福、王合等几家杂货、烧饼、煎饼、豆腐的卖铺小店。木匠、瓦匠、石匠、铁匠等手艺人也有几家。大街两旁开集市，十里八村的人都来这里赶集购货。

　　那时有三座古庙，分别建在村南头、十八盘梁根和梁上，并有和尚看庙守香。

　　这里还是边关要塞、兵家必争之地。长城抗战期间中国抗日义勇军曾派兵把守，在山上挖的几公里战壕，现在依稀可见。

　　解放初期，这个村子有个公办学校，基本上整个岗子沟大一点儿的孩子念高小都要到这里来。

　　该村旁有一小南沟，沟里有个搭梁道叫十八盘梁。梁顶就是现在的平坊乡和拉海沟（已合并为火斗山镇）的分水岭。

　　我奶奶的娘家是拉海沟南边大店子村的，我们这边都管那边叫"梁前"（指的就是十八盘梁），我小时候经常过这道梁去我舅爷家玩。

记得1977年春天，生产队派我们三个人去梁前买红薯秧，为了抄近路，就是推着自行车走的这个梁。

梁的北坡不长，估计半公里，也不多陡，但几乎都是坑洼不平的天然石路，周围百米之内几乎没有柴草。石路上有两行一拃左右宽非常明显的古代车轮轧出的弯弯曲曲的痕迹，两个车辙中间和两边外侧较凸起的地方光溜溜的，这样的路从山根直通山顶。

山顶是个梁鞍口，比较开阔，南望可见古北口的马山。东侧有个戏台，旁边竖立一块大石，上面有几纵行不太清楚的文字，据说是古人经过此地时立的"记事碑"。西侧也有一处戏台，庙会时东西同唱"对台戏"。戏台往西有几处房屋的痕迹，附近有一山泉，长流不息。

从梁顶往西是下梁古道，转过几道弯斜过一个山梁奔向王营子，再出边营子，经张家沟门南下，去往火斗山、古北口。赶牛羊骆驼的就走此道。

从梁顶往正南方向是走马车牛车的大车道，道宽只够过一辆车的，下梁经德胜岭、拉海沟去古北口。这条道一直用到解放初期。

以前，走十八盘梁时踏着光溜溜的石板路，只觉得这地方走过的人和车不少，却不知这里竟是千余年前连接宋辽的古驿道，并且后来又成为大清皇帝的御道。

据记载，早在970年，辽景宗耶律贤迎娶了才貌出众、文武双全的萧绰（953—1009年，小字燕燕，原姓拔里，拔里氏被耶律阿保机赐姓萧，契丹族），并册封为皇后。971年（保宁三年），生辽圣宗耶律隆绪，后又生三子三女。982年（乾亨四年），辽景宗崩，辽圣宗继位，尊萧绰为皇太后摄政，她成为大辽国的最高统治者。983年（统和元年），圣宗率群臣给萧绰上尊号"承天皇太后"。

古道雄关十八盘

986 年（统和四年），宋太宗认为辽圣宗年幼而母后摄政，大举北伐，以收复石敬瑭献给契丹的燕云十六州。正月，宋军兵分三路，东路攻幽州，中路攻蔚州，西路攻云州朔州，失败，宋太宗下令全线撤退。在撤退狼牙村时，辽军俘宋将杨业，后者不降，绝食三日而死。

1004 年（统和二十二年），萧绰以索要周世宗收复的关南地为名，大举伐宋。除了在瀛州（今河北省河间市）遭到抵抗外，辽军势如破竹，十一月就至宋都开封的门户澶州。辽大将先锋官南京统军使萧挞凛在前线察看地形督战时被射中头部，当晚死去。辽军士气受挫，又孤军深入，十分疲惫，加之后方宋军袭击其后路。萧绰利用宋真宗急于求和的心态，与宋朝谈判，达成"澶渊之盟"，宋辽之间的战争也就此结束。

这时，大辽国的疆域"东至于海，西至金山暨于流沙，北至胪朐河，南至白沟，幅员万里"，疆域面积达到了 489 万平方公里，远远超过了北宋的 280 万平方公里。这样一来，天津、大同以北都属辽国管辖。

盟约规定：宋真宗以萧太后为叔母，辽圣宗称宋真宗为兄；宋朝每年给辽国白银十万两，绢二十万匹。为了履行盟约，宋辽两国建立了通使制度，无论输岁币、国主即位、生辰、正旦、国恤或是其他重要节日，都要派使臣前往。按照使者所担负的任务，不同使者都有各自不同的名字，如："贺正旦使""贺正辰使""告哀使""告登宝位使""祭奠使""吊慰使"等等。当时辽国地广人稀，宋使自南京入辽至中京再至上京，其间路途遥远且少城镇，辽国便在境内开辟了近两千里的驿道并设立了许多驿馆供使者来往休息、住宿。这条驿道在滦平的走向是：红旗—金沟屯—大屯—西瓜园—滦平县城—平坊—十八盘梁—火斗山—古北口。

在出使大辽的使臣中，就有许多大宋重臣、历史名人。如政治家王安石、包拯，文学家欧阳修、苏辙，科学家苏颂、沈括，史学家刘敞、路振以及权臣王曾、彭汝砺、蔡京、高俅、童贯等。这些使者，带着皇帝的旨意和丰厚的礼品，为了和平频繁奔走于南北两国之间。比如在科举考试中连中三元（解元、会元、状元），曾担任大宋礼部尚书、户部尚书、中书侍郎等要职的王曾就曾多次奉旨出使大辽国。他在《王沂公行程录》中这样记载：

"出燕京北门至古北口，两旁峻岩，仅容车轨。又渡德胜岭，盘道数层，俗名思乡岭，八十里至新馆。过偏枪岭，四十里至卧如馆。"

他所说"盘道数层"的"德胜岭""思乡岭"，就是今天的十八盘梁，又名"望云岭""摘星岭"；"偏枪岭"就是偏岭，在平坊乡黄木沟内（不是现在的偏岭梁路）；"卧如馆"在今大屯东，因隔兴州河的"喇嘛洞"内有一岩雕卧佛而得名。

彭汝砺（1041—1095年）是宋英宗乙巳科状元、神宗朝监察御史、吏部尚书。他在途经滦平住宿新馆（平坊境内）时，曾写下一首诗：

望云岭

人臣思国似思亲，忠孝从来不可分。

更与诸君聊秣马，尽登高出望尧云。

他在诗的备注中写道：

"自古北口五十里至岭上，南北使者各置酒三盏，乃行。"思乡之情溢于言表。

由此可见，十八盘梁从那时开始就成了宋辽两国和平使者来往的必经之路，承载着不可替代的神圣的历史使命。

后来，清军入主中原后，为了缓解民族矛盾、建立口外皇庄、到木兰围场行围打猎，从康熙开始到乾隆、嘉庆近150年间，皇帝就来往滦平境内220多次，在南御道（古城川—长山峪—桦榆沟—喀喇河屯—避暑山庄）开通前就是经过十八盘梁，到十八盘村后或西转去丰宁再到围场；或东行，过偏岭梁再到兴州，过波罗诺梁北上；或从大屯去金沟屯，再过红旗、隆化去围场；或从张百湾继续东行到喀喇河屯（今滦河镇），顺伊逊河逆流而上到小营，再北上去围场。那时，十八盘梁以北滦平境内就有三座行宫：喀喇河屯行宫、蓝旗营行宫（位于小营乡小营村西）、兴州行宫。兴州行宫是滦平县现存的唯一一座行宫，仿佛仍在向人们讲述着那段历史。

千秋盐茶古道

杨洪文

"丝绸之路"，荒蛮遥远。杨柳春风，羌笛无怨。莫高飞天，沙山鸣泉。长河落日，大漠孤烟。

"海上丝绸"，悬帆银滩。东南番邦，神秘妙玄。千帆竞发，八方震撼。泱泱华夏，举世宣言。

"茶马古道"，雪域高原。夜郎古国，明珠璀璨。马蹄迸花，商机无限。世界瑰宝，天下奇观。

"盐茶古道"（宋辽古驿道），横亘燕山。物华天宝，丰茂沃原。大宋远识，辽邦卓见。文武阡陌，哲圣不凡。

如果说"丝绸之路"回荡着比西天取经更神奇的梦幻；如果说"海上丝绸"铺排着比世界各国更艳丽的锦绢；如果说"茶马古道"记载着比夜郎自大更离奇的纪年，那么"盐茶古道"则是承载着中华民族更融合的诗篇。

宋辽古驿道作为连接东北亚的交通要道，在历史上占有重要地位。作为中国的第四条古"丝绸之路"，它就像长长的蚕丝从四面八方缠绕着我，让我无法挣脱。当然我倒愿意接受这样的缠绕，享受这样的缠绕。在眼前、在耳际、在心间、在脑海，直到终于有一天，它真的把我缠绕到了滦平县火斗山镇大东沟村的古驿道上，不知不觉地迈上了与古人对话的幽径。探寻着新石器时代人类的印痕，追随着红山文化的经典，聆听着秦砖汉瓦的清脆，目睹着唐宗宋祖的风采。心中那一条斑驳的古驿道，似乎长满了塞外沧桑的根须，好像填满了大漠飞鸿的振翅。我朦胧地瞧见了故事里文姬归汉时仰天悲愤的才气，我深情地领悟了大唐公主出塞时怀抱琵琶的凄楚。

207 年（注①）（建安十二年），"曹操素与邕善，痛其无嗣，乃遣使者以金璧赎之，而重嫁于祀"（《后汉书·列女传》）。以一千两黄金、一双白璧的代价，得以使文姬归汉。蔡文姬当年被掳虽说是痛苦的，但历经十二年"膻肉酪奶"的生活，她有了丈夫，有了孩子，却不得不骨肉分离："一步一远兮足难移，魂消影绝兮恩爱遗"（《胡笳十八拍》）。她终究是个女人，难以割舍自己的亲生骨肉，难以离别异族的丈夫。况且这一别，关山重重，大漠遥遥，生离便是死别。这种痛苦让她不堪承受，她已分不清归去是悲是喜，只觉得撕心裂肺、肝肠寸断。但是理智告诉她不得不归，她对故土的眷顾，对亲人的思念是刻骨铭心的。汉文化孕育了她，并深深地渗透在她的骨子里。只有归汉，才能找回自己；只有归汉，她的艺术才情才能得到体现。所以她在《胡笳十八拍》中写道："生仍冀得兮归桑梓，死当埋骨兮长已矣。"而事情的转折又在哪里呢？

这一天，文姬的马车在大块山岩的拱卫下，缓缓驶进了燕山。山峰抖掉了大漠的飞雪和冰凌，摒弃了戈壁的狂风和黄沙；山峰穿起了苍松翠柏的衣裳，扎起了红桃绿杏的篱笆。不远处一队迎接文姬归汉的人马早已等候在"思乡岭"上。领队的小伙子，威风凛凛、相貌堂堂，有万夫难敌之威风；胸脯横阔、话语轩昂，有吐纳风云之豪气。小伙子急忙上前自我介绍："我是屯田都尉董祀，奉曹丞相之命在此迎候夫人回家。"在一阵热烈、激动的交谈之后，她真想扑向他的怀抱，在接触既熟悉又陌生的身体那一瞬间，便结束了十二年望眼欲穿的苦涩。这时她禁不住热泪横流，她不知道这是暂时喷涌的幸福之泪，还是长期压抑的凄楚之泪。不过她至少感到这些泪水模糊了她的视线，一种无名而又迷人的欲望突然躁动起来。那晚董祀静静地为她守夜，就像在她的周身披了一件光滑而又温暖的甲衣，而她的内心却在发酵、沸腾、喷发和爆裂。文姬"摘星为烛"，奋笔疾书，在"思乡岭"的星光下最终完成了流传千古、感天动地的《悲愤诗》。她用真切的笔法写出了战争的残酷、社会的动乱、百姓的流离、礼教的罪恶。诗中的最后也把自己的后半生付与了新的寄托："托命于新人，竭心自勖励。流离成鄙贱，常恐复捐废。人生几何时，怀忧终年岁。"从此当地村民又把"思乡岭"叫作"摘星岭"。

文姬的不幸也许是她一生的某个节点，她的幸运却是整个历史的一道彩虹。她的风骨和灵魂闪烁着不尽的才气，她的血液和脉搏沸腾着无穷的大义。是飞沙唤起了她的高贵，是走石造就了她的坚忍，是归汉绽放了她的色彩，是爱憎丰富了她的感情。她的美丽不是女人的姿色所能支撑的，她的魅力也不是几段文字所能拼凑的。文姬"摘星疾书"，不仅是一个女人的家国情结，更是一种民族文化的重生。文姬"悲愤成诗"，不仅是一个女人对男人的依恋，更是离人对故土的怀念。后人在历史中不断地寻觅着她，就像多情的男子在膜拜女神，就像求知的学子在仰慕恩师。我们永远不会目睹她归汉的一幕，却能感受到她入关时的故国情怀。

后来董祀犯罪当死，文姬"蓬首徒行，叩头请罪"《后汉书·列女传》，激起了曹操的怜悯之心，救了董祀一命。从此董祀感念妻子的恩德，两人隐居山林，相伴终老。一个历经乱世沧桑的女人，凭着她对命运的理解和选择，凭着她个人的才情和智慧，最终找到了幸福，避免了李清照"寻寻觅觅，冷冷清清，凄凄惨惨戚戚"（《声声慢》）的晚年，而这种幸运又怎能离得开"摘星岭"呢？

到了隋唐时期，由于经济的发展、民族的融合，这条古道更显得热闹非凡了。它不仅是连接长城内外的重要通道，而且也成了中原与塞外少数民族聚集地的分界线。从唐开元五年（717年）至天宝四年（745年），陆续有永乐、燕郡、东华、静乐、固安、东光、宜芳七位公主（注②）下嫁契丹和奚国，而每一次公主下嫁，契丹或奚国首领都要迎亲于"摘星岭"之上。开元五年"大酺入朝，诏封从外甥女辛氏为固安公主以妻之，赐物一千五百匹，遣右领军将军李济持节送还蕃"（《旧唐书·列传·卷一百四十九》）。书中还记载道："奚国，盖匈奴之别种也。所居亦鲜卑故地，即东胡之地也……风俗异于突厥，每随逐水草，以畜牧为业，迁徙无常。居有毡帐，兼用车为营。"大唐是一段令人自豪的历史，公主们风流韵态、雍容华贵、濯莲浴脂、玉面盈霞。"舞袖低徊真蛱蝶，朱唇深浅假樱桃。粉胸半掩疑晴雪，醉眼斜回小样刀。"（《赠美人》唐方干）

固安公主就要下嫁奚国饶乐郡王李大酺了，在李济将军的护送下，在漫漫的华北大地上像迁移的雁阵一字排开。领头的公雁，头顶端戴着王者风范般的红色宝冠，在蓝天上飞翔，好像一块飘荡的红玛瑙；跟随的母雁，脖子上围绕着结婚花环式的黑色项链，在白云中穿梭，好像一串滚动的黑珍珠。驼铃声声、马蹄阵阵，固安公主泪别古北口，歌罢"摘星岭"。蓦然回眸，那漫漫驿道的车辙里，记下了公主不尽的回望和难言的酸楚。一串串激昂的驼铃声，满载着家国的重托；一行行滚动的热泪，流淌着思乡的惆怅。大山里虽不见"大漠孤烟直，长河落日圆"（《使至塞上》唐王维）的景象，但是黄沙掠过口外的关隘，朔风抚过出塞的伊人，不知那妆奁中的嫁衣能否抵挡得住塞外狂躁的风沙。但是，若国色平息了战火、若天香软化了钢刀，即使告别盈盈繁华，走向不毛之地，也会无怨无悔，即使是牺牲一个弱女子又何乐而不为呢？所以唐代诗人李山甫叹息道："金钗坠地鬓堆云，自别朝阳帝岂闻。遣妾一身安社稷，不知何处用将军？"武平一感慨道："广化三边静，通烟四海安。还将膝下爱，特副域中欢。"吕温赞美道："明时无外户，胜境即中华。况今舅甥国，谁道隔流沙。"

固安公主在山泉里芙蓉出水，在岩石上胭脂吐蕾。此地的百姓便把公主的"沐浴邑"叫"源泉"，把公主的"胭脂石"叫"梳妆台"。燕山的早春不像关中那样明媚，融融的晨阳把淡绿的色彩，镶嵌在山峦之上，甚至把行人、牛羊也勾勒进去，构成一幅错落有致、反差极小的塞北图画。追逐春天的人，还是能从空灵的天地中感受到春天的气息。你看公主的脚下，偷偷吐蕊的红桃、隐隐开花的白杏，像点燃的火炬，召唤着你、引逗着你，使你不愿移动脚步。和亲的唢呐声应和着公主琵琶的离弦，迎亲的絮语催开了公主豆蔻的年华。李大酺阔步走来，互敬三碗酒后，抱起公主飞身上马，带领着迎亲的队伍向奚国奔去。那一刻，公主回望故土，灯火却已阑珊，才惊恐地发现，孩童的天真已经渐行渐远，少女的烂漫已经无影无踪，女人的使命已经尘埃落定，公主的归宿已是地隔天边。自此山民们又把"摘星岭"叫作"辞乡岭"。

如果说这条古道在秦汉时还是民间小路，那么到了隋唐就是半官半民的直通大路了，至宋辽时期完全变成了通达南北的官营驰道了。澶渊之盟以后，宋辽之间不再有战事，通使殷勤，礼尚往来，双方互使达380余次，彼此保持了一百多年难能可贵的安定局面。百姓安居乐业，经济欣欣向荣，开启了宋辽百年的和平盛世。宋辽古驿道也达到了辉煌的巅峰。一种原始与朴素的风景，一方土地的博大与无私，

古道雄关十八盘

在绿色与苍茫的虚妄里，在自然与生命的索取中，多少雨露阳光无怨无悔地留下了不尽的传奇故事。万物的丰盈和给予，共同围绕着一个生命链条，共同享受着大自然的那份礼遇。在草原和沙丘的脊梁上，辽人崇尚着宽广的版图，用浓浓的色彩调配着生存的命题，和汉人坦诚相见。在青山和绿水的怀抱里，汉人耕耘着最朴素的梦想，用淡淡的情感编织着和谐的锦缎，在厚重的意愿中成就心愿，与辽人真诚交流。

至和二年（1055 年）八月辛丑，大文学家欧阳修被宋仁宗任命为贺登宝位使，前往辽国祝贺辽道宗登位。"翰林学士、吏部郎中、知制诰、史馆修撰欧阳修为契丹国母生辰使……癸丑，改命欧阳修、向传范为贺契丹登宝位使"（《续资治通鉴长编·卷一百八十》）。欧阳修一路向北，年底才到达辽上京临潢府（巴林左旗）。据《辽史·道宗传》记载：清宁元年十二月丙申，"宋遣欧阳修等来贺继位"。隆冬腊月的辽国北风呼啸，黄沙弥漫，大雪纷飞，征马嘶鸣。欧阳修随笔写下了那首脍炙人口的《风沙吹》："北风吹沙千里黄，马行确荦悲摧藏。当冬万物惨颜色，冰雪射日生光芒。"欧阳修一行受到了辽道宗的殊礼接待，赐御宴时特派尚父燕王萧孝友等四位重臣作陪。欧阳修早已忘记了北国的萧索，有了宾至如归的感觉。

新年过后，辽主亲送宋使南归，欧阳修又开始了数月的旅行。穿过大草原，留下一道道踪迹；渡过老哈河，溅起一朵朵冰花；住过毛毡房，饮尽一碗碗奶茶。雪地把枯草藏来藏去，朔风把白云撑高撑低，当他们登上十八盘的时候，已是仲春。满坡的杏树长满了花苞，遍岭的桃枝抽出了新条，崖边的古松伸直了懒腰，溪旁的岸柳穿上了绿袍。浸透的风雪从身上抖落，旅途的疲惫扔给了大漠，失去的记忆在脑海中复活，冻僵的激情在亢奋中冒火。那一夜欧阳修久久不能入寐，索性摘北斗为墨，铺月色为纸写下了那首流传千古的《奉使道中五言长韵》。诗中尽情渲染了契丹的地域特色和风土人情："地理山川隔，天文日月同。儿童能走马，妇女亦腰弓。""白草经春在，黄沙尽日蒙。新年风渐变，归路雪初融。"长诗也给塞外的美景留下了浓重的一笔："度险行愁失，盘高路欲穷。山深闻唤鹿，林黑自生风。松璗寒逾响，冰溪咽复通。望平愁驿迥，野旷觉天穹。"虽然只有短短的八句，却描绘了一个实实在在的十八盘的春天。收起思绪，凝望天空，不知自己的生命属于哪一颗星，但是他的诗文刻在了星星的外壳，他的墨水注入了星星的心房。从此，他的心脏与星星一起跳动，他的瞳仁与星星一起闪烁。直到今天那颗星仍然照耀着十八盘的穹庐，依然光彩夺目、灿烂辉煌！而"深惭汉苏武，归国不论功"也将成为永恒！

元祐四年（1089年）苏辙作为贺辽生辰使出使辽国。临行之前，他将兄长苏轼的送别诗《送子由使契丹》紧紧揣在怀里，常常翻阅一遍："云海相望寄此身，那因远适更沾巾。不辞驿骑凌风雪，莫使天骄识凤麟。沙漠回看清禁月，湖山应梦武林春。单于若问君家世，莫道中朝第一人。"他谨记兄长的嘱托，牢记家国的使命，朦胧中举起摇摇晃晃的马鞭，混沌中拉长重重叠叠的车辙，热情奔放，毫无羁绊。轻轻怀揣一缕淡淡的乡愁，让一路充满深沉的微笑，酸甜的梦幻开始在心中发酵。从东京出发，沿河北路，出古北口，把真挚的家国情怀排在汉字的方阵里，用流畅的墨汁，涂抹着豪迈的诗篇："笑语相从正四人，不须嗟叹久离群。及春煮菜过边郡，赐火煎茶约细君。日暖山蹊冬未雪，寒生胡月夜无云。明朝对饮思乡岭，夷汉封疆自此分。"（《古北口道中》）负责迎接的辽国馆伴王师儒早已奉酒迎候于"辞乡岭"上。酒过三巡，菜过五味，读过《服茯苓赋》的王师儒又询问茯苓食用方式，王师儒是大辽著名文臣，通过和王师儒的交流，苏辙对辽文化有了更深层次的认识，辽国也不乏名家文士。

徽宗大观年间，北宋名将张叔夜出使辽国。辽国的打虎将军和射雁都尉相迎于岭上。眉宇之间，洋溢着自信和霸气，双方卸下马鞍，铺开蒿草席地而坐。你劝酒三碗，我回敬酒三盏，似乎大宋和大辽是那样推心、北将和南帅是那样置腹、人伦和美酒是那样醇深、弯刀和利剑是那样愚钝。忽然一阵雁鸣从天空掠过，辽将存心想出宋将的丑，竟提出看谁先把大雁射下来。人事本无常态，英雄成败旦暮，说时迟，那时快。张将军当场张弓搭箭，不及辽人反应，已经云霓生风，玄黄飞箭，首发必中，一箭双雁。辽将看得目瞪口呆，不知所措。

据路振《乘轺录》载：古北口向东北，"五十里过大山名摘星岭，高五里，人谓之辞乡岭。"《熙宁使虏图抄》说："古北口至大十八盘为五十五里。"宋人说："东北行"过一岭，或言"思乡岭"、或言"摘星岭"、或言"辞乡岭"、或言"望云岭"，又谓之"德胜岭"。契丹人本是好客的民族，尤其以用酒待客为荣。宋辽使臣于岭上的"置酒礼"，在历史上占有重要地位。北宋名相王珪在《新馆》中写道："虏酒相邀绝峰饮，却因高处望天津。"北宋理学家陈襄在《使辽语录》中说："过望云岭，接伴使副与臣等互置酒三盏。"北宋政治家彭汝砺在《望云岭诗》的自注中释义："自古北口五十里至岭上，南北使者各置酒三盏乃行。"而沈括的《图抄》记得更为直接："使人过此，必置酒其上，遂以为常。"

到了康熙年间，十八盘上的岩石路，已被岁月的年轮碾轧出深深的车辙。不知是造化使然，还是流光的洗礼，已经把辙痕牢牢地镌刻在山岭上，甚至让你怀疑这山岩的质地是否柔软如棉，要不怎么会随着南北奔波的步履而沟壑纵横呢？车辙就像平仄的诗行，每每读起它的神韵，心中总有一首写不完的诗篇。

　　记忆的追溯，抢渡着曾经的沧海；时光的闪烁，耕耘着往日的桑田。据《大清圣祖仁皇帝实录》记载，从康熙二十二年（1683 年）至四十一年（1702 年），康熙大帝曾十四次驻跸十八盘的"舍里乌朱"，即"塞外第一泉"（十八盘梁南侧海眼）。康熙二十二年上出古北口，七月二日北巡回京途中于多滦岭（十八盘）猎虎一只。康熙二十四年（1685 年）六月四日上出古北口，驻跸舍里乌朱，获得中俄雅克萨之战清军获胜的战报，当晚在天下第一泉举行隆重的庆祝大会。康熙三十七年（1698 年），四十五岁的皇帝平定了噶尔丹叛乱。八月三日的黄昏，康熙站在"德胜岭"上，手执马鞭，腰挂宝剑，心无旁骛，遥视远山，耳边却仿佛听得见骁兵们拼杀的呐喊，眼前却仿佛看得见悍将们征战的身影。康熙躬身置酒三杯，缓缓洒在岭上，祈祷那些为国捐躯的将士忠骨安然，英灵永生，挥笔写下了"沙漠名王皆属国，但留形胜壮山河"（《出古北口》）的壮怀诗句。经过一代又一代眸子的凝望，经过一茬又一茬风霜的雕刻，经过一抹又一抹云烟的拂拭，虽然我们已不能目睹千古一帝叱咤风云、力拔山河的气魄；不能亲视大清圣祖踌躇满志、开疆拓土的雄姿，但是我们也能在古道凌虚、石辙深痕中领略到皇帝庙堂伫立、江山一统的霸气。这条千秋古驿道便成了康熙大帝怀柔蒙古、德化边疆、塞外避暑、木兰秋狝的皇家御道了（北线）。

　　时空残缺了曾经的纯真，岁月添满了当世的阡陌，一切美好的记忆已定格在简帛的沙龙里。保留一份守望是一辈子的财富，获取一份认知是一生的追求。它不会因为时光的流转而消失，也不会因为情感的迷失而淡泊。泛黄的章节在生命的轮回中不断上演，如痴的梦幻在无眠的星空里得到圆满。人的生命虽然暂短，但传承的路却很漫长。追寻往事，总是难以割舍，选择忘记，却找不到忘记的理由；探索来世，总是难以释怀,选择搁置,却丢失了搁置的借口。沾染天际不落的霞光,充满红尘不尽的希望,在物是人非的历史大潮中,拥抱起那份注定的缘分,感受到那缕未泯的情愫。缘深缘浅、路长路短,历史一次又一次讲述着相似而又新奇的故事。

2018 年 7 月的一天,当我们重走"盐茶古道"的时候,早已不见康乾盛世时"茅茨土阶、蓬门荜户"的山野之乡,迎面而来的是承载"千年绝唱、华夏史诗"的古道新村,那种惊奇无法意会。还未感受塞外那独有的一份清凉,却观赏了一幅荡漾于山水之间的风景画。红顶白墙、青砖黛瓦、古道西风、白云人家,虽然缺少了马头墙的阻隔,倒也不失"徽州民居"的幽静典雅。整个村庄就像画家笔下的宣纸,铺展于眼前的青山、流动于身边的绿水,任你用自然界最美的颜色、凭你用人世间最艳的笔墨,展开你的想象、放飞你的思绪,去涂抹、去描绘!

来到村中的广场,你会从恬淡的境界进入醇厚的痴迷。浓重的文化气氛,紧紧地包围着你,感染着你,使你不由自主地去接受这种感染,哪怕是一种暂时的感受,而这种感受永远会留在你的生命里。孝者,不可弛于家,天之仁也;忠者,不可废于国,地之义也。把忠孝两经镌刻于墙上,用"卖身葬父""单衣顺母"的故事启迪后人,不正是古道新村育人的基石吗?在广场另一侧耸立着块块山石,每块山石都留有宋臣使辽的诗篇:如王安石的《入塞》、苏颂的《过摘星岭》、欧阳修的《奉使契丹过塞》。泱泱华夏孕美文,滚滚黄河淘骚人。一首荡气回肠的诗歌,从云端唱到山麓,再从山麓唱入村寨、唱入篱落、唱入心扉。突然有一声雷鸣,可以无故地惹哭满天的白云,突然有一阵鸟啼,可以有序地逗笑漫山的杜鹃。与其说是一种文化,不如说是一种精神,而这种精神经过千年的雨雪冲刷,早已抹去了外表的浮华,而积沉下来的正是那层厚重的"盐茶古道"文化和那种顽强不屈的民族精神。

千年车马碾轧的一道道痕迹，百代墨客留下的一段段诗行，有你想不到的深邃，有你见不到的奇观，有你放不下的平常心。"一横长城长，一竖黄河黄。一撇乾坤定，一捺国运昌。"当"盐茶古道"拓展为"世纪大道"，不远处传来了建设社会主义新农村的集体乡愁。当蛙声伴着田间的和风吹绿美丽乡村的时候，新的华章会载着共同富裕的梦，重新奏响宋辽古驿道上的"驼铃"。你会看见古老的山村正在崛起，它会化作一声参天悟地的龙吟，再次强渡历史的重洋，游历在中华大地的龙脊之上！

注①：文姬归汉途经十八盘属于承德民间故事。在十八盘上的"海泉"传说是文姬沐浴的地方，而山上的"梳妆台"则是文姬梳妆的地方。

注②：唐朝七位公主下嫁契丹和奚国的史料：

永乐公主：开元五年（717年）"十月己亥，契丹首领松漠郡王李失活来朝，以宗女为永乐公主以妻之。"（《旧唐书·卷八·玄宗本纪上》）

燕郡公主：开元十年（722年）"五月，闰月，己丑，以余姚县主慕容氏为燕郡公主，妻契丹王郁干。"（《资治通鉴·卷二百一十九·契丹传》）

固安公主："赐奚王李大酺妃辛氏号固安公主。"（《资治通鉴·卷二百一十一》）

东华公主、东光公主：开元十四年"春，正月，癸未，更立契丹松漠王李邵固为广化王，奚饶乐王李鲁苏为奉诚王。以上从甥陈氏为东华公主，妻邵固；以成安公主之女韦氏为东光公主，妻鲁苏。"（《资治通鉴·卷二百一十三》）

古道雄关十八盘

宜芳公主："四载三月，壬申。以杨氏女为宜芳公主，嫁于饶乐都督李延宠。"（《新唐书·卷五·唐玄宗本纪》）

静乐公主："天宝四载，契丹大酋李怀秀降，拜松漠都督，封崇顺王，以宗室出女独孤为静乐公主妻之。"（《新唐书·卷二百一十九·北狄列传·契丹》）

乡愁绵绵十八盘

白 梅

　　"石来运转"君发来一组图片。寂静的山峦中一条白花花的天然石路伸向高处的远方，路面上的石块，经过岁月的打磨有很多裂纹，路面上清晰可见有两道三四厘米深的车辙痕迹，随着路的延伸而延伸，路两边是茂密的灌木丛。标注这就是十八盘古驿道。图片色彩分明，叫人震撼。没想到，这里保留着如此清晰完整的古驿道。看着图

古道雄关十八盘

片，仿佛能听到当年嘚嘚的马蹄声，看到拉满货物的车艰难爬坡的情景，想象出这条古驿路当年的繁忙与热闹。山顶还有辽代建清代又重修的盘云寺、古戏台的遗址，有元代摩崖石刻。

今河北滦平县西南十八盘梁，自古就是连接南北农耕文明与草原文明的重要通道，是宋辽时期宋使出古北口赴辽中京（今内蒙古赤峰市宁城县）、辽上京（今内蒙古巴林左旗林东镇）驿路必经之地，更是当时一条沟通南北经济的茶盐古道。十八盘的名称是从明朝开始的，但是在宋辽时期及历史上却有多个称呼。据《承德府志》记载：十八盘岭即王曾《行程录》所云德胜岭，俗名思乡岭，也是宋使彭汝砺诗中的"望云岭"。《历史词典》也有精练的解释：十八盘又名思乡岭、辞乡岭、德胜岭、望云岭。宋代路振《乘轺录》：下虎北口（即古北口）山，即入奚界，五里有关……五十里过大山，名摘星岭，高五里，又谓之辞乡岭。一座山岭，有如此多的名称，又多次出现在宋辽使臣的诗词文章里，想必在历史的长河中有着它的特殊之处。

承德地域在宋辽并立时期属于辽国。1005 年"澶渊之盟"以后，宋辽两国以今保定雄县的白沟河为界，两国通好长达 120 多年，其间，无论输岁币，国主即位、生辰、国恤、正旦或其他重要节日，以及与他国之战事相告，双方都互派使臣。临时有事商量，要派遣泛使，使节入境，要遣使迎接；进入京师，要遣使馆伴；使节回国，要遣使相送。使节出入都要经过十八盘隘口，另外还有茶盐贸易，因此当时十八盘古驿道热闹繁忙。据文献记载，从宋辽交界的雄州至辽之上京有 32 驿，驿道全长 1800 多里。宋辽先后派出 1600 多名使者出使对方，两国的使者均由高官担任。一般文官任正使，武官任副使，一行 30 ~ 50 人，大名鼎鼎的欧阳修、刘敞、苏辙、彭汝砺、苏颂、王安石等都作为宋国的使臣，走过这条驿路。出使辽国，深入异国他乡，来回需要 2 ~ 3

个月的时间，对于宋使来说，不但是一项重要的政治活动，还是一种非常特殊的情感体验。他们用文字记载的迥异于中原与南方的风景、风土人情及他们的心路历程，使宋辽时期出现了一种新的文体——使辽诗。有许多名人的使辽诗提到十八盘：

苏辙，字子由，北宋文学家、宰相，唐宋八大家之一。他曾两次出使大辽。他有《奉使契丹二十八首古北口道中呈同事二首》：

其　一

独卧绳床已七年，往来殊复少萦缠。

心游幽阙鸟飞处，身在中原山尽边。

梁市朝回尘满马，蜀江春近水浮天。

枉将眼界疑心界，不见中宵气浩然。

其　二

笑语相从正四人，不须嗟叹久离群。

及春煮菜过边郡，赐火煎茶约细君。

日暖山蹊冬未雪，寒生胡月夜无云。

明朝对饮思乡岭，夷汉封疆自此分。

从"心游幽阙鸟飞处，身在中原山尽边。梁市朝回尘满马，蜀江春近水浮天"诗句中看，苏辙到了古北口，认为一行人已经身在中原山尽边，再走一天的路程，就不属于中原了，就要进入少数民族地区了。虽然他身在北方异国，但是他的心已经飞回中原。"明朝对饮思乡岭，夷汉封疆自此分"。思乡岭即是十八盘，明天早上就到思乡岭（十八盘），按照惯例与辽国的馆伴对饮三杯，就正式进入少数民族地区了。

苏颂，字子容，北宋中期宰相，杰出的天文学家、天文机械制造家、药物学家。其有使辽诗《摘星岭》：

> 昨日才离摸斗东，今朝又过摘星峰。
>
> 疲躯坐困千骑马，远目平看万岭松。
>
> 绝塞阻长逾百舍，畏途经历尽三冬。
>
> 出山渐识还家路，驺御人人喜动容。

这首诗写出了苏颂一行人出使辽国，归宋途中，过摘星岭（十八盘）时，"出山渐识还家路，驺御人人喜动容"，感觉过了摘星岭，是熟悉的路和熟悉的汉民族区域，抑制不住离中原越来越近、归家心切的喜悦。在他的思想深处，也把摘星岭即十八盘岭看作了农耕文明与草原文明的分界。

彭汝砺，字器资，著有《易义》《诗义》《鄱阳集》。彭汝砺1091年出使辽国，其使辽时作《望云岭》：

> 人臣思国似思亲，忠孝从来不可分。
>
> 更与诸君聊秣马，尽登高处望尧云。

经考证，望云岭就是十八盘岭。可以想象，在凛冽的寒风中，彭汝砺一行使臣的人马一路风尘仆仆到达岭上，回望家乡方向的云，思念祖国，思念家中的亲人，这时有辽国官员迎接，三杯酒入腹，顿时暖意上升，然后继续前行。

从大量的使辽诗中，我们读到的是宋使开始对辽的不屑，后来欣赏奚人、契丹人的风俗，再后来欣喜地看到民族融合的景象，最后理解宋与辽和平相处的深远意义及完成使命的信心。但是不管是哪位使者，他们的作品都从始至终贯穿着一种挥之不去、萦绕心底的乡愁。

燕山自古是中原汉民族和北方少数民族的分界线，后晋时石敬瑭割让燕云十六州，使契丹国界由古北口向中原纵深。宋太宗两次北征收复燕云十六州皆以惨败告终，受中原政权中心思想的影响，宋朝人对此耿耿于怀。虽然过了白沟河，就进入了辽国的境内，但是，十八盘梁以南，大都是汉人，还属于中原，风土人情是他们熟悉的。而过了十八盘，就到了辽国的腹地，全部是奚人和契丹人，离开温润的江南，到了北寒之地，登高望远，十八盘的九曲十八弯，更让人勾起对家乡的思念，有伤感，有怀远，有离愁。过古北口，遇到的第一道山岭就是十八盘梁。十八盘梁，是这种乡愁的触点。因此叫它望云岭、思乡岭。

到元朝，中国建立了统一的中央政权，成为一个多民族融合的国家。但十八盘驿道依然是中原和东北亚的经济往来的重要通道。十八盘前坡的两块箴言摩崖石刻就是元代遗留下来的历史文物，内容有人翻译是六字箴言，应该是对过往怀着乡愁人们的祝福。明朝的时候承德地域成为无人区。清朝康熙年间恢复十八盘古驿道，这里既是当时的军机驿道，又是大清皇帝木兰秋狝的御道，直到康熙四十五年（1706年）南线御道开通。新中国成立后一直沿用到京承线改道，十八盘古道被彻底放弃。

静静地在这里见证了这一切的十八盘岭，她张开包容的怀抱，迎来送往，护佑着和平；她用慈爱的目光，看过往的驼铃摇醒岭上黎明，任往来的马蹄踏尽岭上的黄昏；她忍辱负重，任运送茶盐的车辙深入肌肤，哪怕留下印痕。她用三杯暖酒，使农耕文明与草原文明在这里碰撞，在这里交融；她用白云悠悠、流水潺潺勾起游子心头浓浓的乡愁。十八盘是诗意的十八盘，是承载着中华民族融合大任的十八盘！

十八盘这座具有特殊意义的山岭，历史上文人名士绵长悠远的乡愁，深深地影响这里世世代代的后人。在这里出生成长的人，从这里走出去的人，都对这座山岭有着深深的眷恋。

二十世纪七十年代中期，十八盘下，古驿道上的大东沟村一个叫王志国的青年走进了军营，四十多年的戎马生涯，他从一个普通的士兵成长为将军。军旅生活中，他经常会想起家乡，想家乡的十八盘，想起家乡的父老乡亲。有限的探家时间里，他会沿着古驿道思索，想着这块土地上曾经走过的先贤古人，想着他们萦绕在心头的乡愁。

他牵头多方筹措资金，修建了张家沟门至拉海沟的乡村路，为乡亲们出行提供了方便。建起了"宋辽古驿道博物馆"，为宋辽古驿道研究提供了载体。在大东沟村修建了宋辽文化广场，重新修建了村东头宋辽使臣走过的小桥。经过两年多的努力，一个靓丽的古道新村出现在十八盘下的古驿道上。

更加让人兴奋的是，近两年在十八盘附近的榆树下，发现了全国最连续最完整的侏罗纪—白垩纪地层剖面，2015年由国土资源部门出资在此建立了古生物化石保护区。

余秋雨说过："没有文人，山水也在，却不会有山水的诗情画意，不会有山水的人文意义。"十八盘，与历史上诸多文人相遇，与有着浓浓乡愁的赤子相遇，注定是个有诗情画意、有故事的地方。

欧阳修醉卧思乡岭

孟宪歧

欧阳修，字永叔，号醉翁，晚年更号六一居士，唐宋八大家之一。官至翰林学士，枢密副使，参知政事。北宋时期杰出的政治家、史学家、文学家、书法家，以散文著称于文坛。就是这样一位彪炳千秋的伟大人物，与我们承德有着一段段刻骨铭心的故事，特别是那次他在滦平县思乡岭下醉卧草丛里的经历，让他知道了天下之大，能人多多，真正高手在民间！

话说 1055 年初秋，艳阳高照，白云飘飘，一队人马在燕山深处的崇山峻岭里艰难而行。坐在车里的正是大名鼎鼎的欧阳修，他刚刚被宋仁宗任命为贺辽国国母生辰使而出使辽国。当他行到滦平县境内时，有信使八百里加急赶到，禀报辽兴宗驾崩、辽道宗即位的消息，于是欧阳修又改任为贺新君登宝位的使者。

此时此刻，欧阳修已经离开京城汴梁一个多月了。

这一个月来，欧阳修晓行夜宿，一路北上，沿途所见风光无限。特别是出了辽国的陪都南京（今北京）后，进入山区，进入滦平境内，但见群山巍峨，大河滔滔，甚是欢喜，把每天的所见所感记下来，待将来整理成册。

这天，夕阳西下时分，欧阳修一行来到思乡岭。早有辽使在此迎接，按照当时的礼节，辽使端出三碗酒，敬欧阳修。欧阳修也以三碗酒回敬辽使，而后，天色渐晚，便回驿站休息。

喝了六碗酒的欧阳修在驿馆里漫步，思乡之情油然而生，没有一丝睡意，便信步走出驿馆，往旁边不远处的一个小山村走去。

欧阳修身为北宋重臣，非常关心民间疾苦，经常微服私访。这次趁出使辽国之机，也想了解了解老百姓的真实生活。

这个小村不大，只有三五十户人家。傍晚的炊烟袅袅，鸡鸣狗吠之声不绝于耳。两边的山不高，但绿树成荫，森林茫茫。村边的小河不大，但河水清澈，有小鱼小虾游动。欧阳修看看山，看看水，再看看小村的位置，喃喃自语："真是绝好的风水宝地啊！"

欧阳修走近一户农家。

这家有草房三间，柴门虚掩，有狗在门前对着他汪汪吼，有鸡对着他咯咯叫。

一老人从草房里走出喝退鸡狗，迎出柴门："贵客从何而来？请到家中小坐。"

欧阳修低身施礼说："不好意思，叨扰了。"

老人把欧阳修让进屋里。

一老妪正在豆腐包里往外捡豆腐。

老妪说："来得早不如来得巧，这热豆腐刚出包，就尝尝吧。"

欧阳修索性就坐下来，桌子上有切好的葱花。欧阳修尝了一口豆腐，大吃一惊：这豆腐洁白如玉，口感细腻滑润，真是上好的豆腐！

他吃遍天下豆腐，也没吃过如此口味极佳的豆腐啊！

欧阳修是见过大世面的人，山珍海味土特产，他尝过的不少，东南西北的豆腐他吃过的也不少，但这样好吃的豆腐还是第一次品尝，不觉连声称赞："天下第一好豆腐，好吃！好吃！简直是神仙才能吃到的佳品！"

老妪笑了，又去捡豆腐。

老人捋捋花白的胡子，看着欧阳修问："贵客可饮酒？"

欧阳修答："美酒配豆腐，再好不过！"

老人端一酒坛放在桌上，问："贵客酒量如何？"

欧阳修笑答："还行吧，三碗五碗还能对付。"

老人拿来两个大碗，一人一碗。

老人说："这是我自酿的米酒，没劲儿。"

老人一仰脖，咕咚咕咚而下。

欧阳修想：我的酒量十分了得，这山村野夫岂能是我对手？

欧阳修也一饮而光。

老人一连喝了八碗。

欧阳修也喝了八碗。

欧阳修虽说有点儿晕，但神志清醒。

欧阳修问："不知此地如何称呼？"

老人答："十八盘。"

欧阳修又问："你家的豆腐为何如此之好？"

老人答："我们村里的水好。别处的豆腐都不如我们村的好吃。"

欧阳修接着问："敢问主人家高寿？"

老人答："九十又八。"

欧阳修瞪大了眼睛："看不出，您比我的父亲岁数还大许多！我得称呼您长辈了！"

老人说："我们村，跟我岁数相仿的有 15 个人，还有比我大的。最大的张先生已经 109 岁了。"

欧阳修赞叹："山清水秀的地方，山水养人，人多长寿啊。"

两个人正说着话儿，外面的狗突然汪汪叫个没完。

老人说："八成是又来老虎了！"

欧阳修听说来了老虎，甚是惊慌。

老人说："没事儿，我们这里老虎豹子狗熊很多，但从不伤害人畜。它们是我们的朋友！"

欧阳修见老人不慌不忙，甩下褂子，露出一身腱子肉，来到门口。

果然有一只吊睛猛虎站在柴门外虎视眈眈。

那狗一见老人出来，立刻躲在了老者身后。

老人来到门口，那吊睛猛虎猛然跃起，朝老人扑来。

老人并不躲闪，那老虎的两只前腿便搭在老人的肩膀上。老人托起六尺多长的老虎，纹丝不动，吓得欧阳修双眼紧闭，不敢目睹这骇人的一幕。

老人拍拍老虎的头，老虎顺从地把前爪放下来，脊背在老人的身上蹭来蹭去。

当欧阳修睁开眼睛时，老虎已经走出了老人的院子。

欧阳修问："您就不怕老虎发威？"

老人笑着答："不怕。我们是老邻居、老朋友了。这虎经常来我家做客，我可没少送它小鸡子。"

老人又说："除了老虎，还有几只金钱豹、几只狗熊都没少光顾我家小院。"

老人正说着，就听院外有呦呦呦的声音传来。

老人乐了："这群小鹿又来了！"

言罢，果然有几只小鹿撒欢似的跑进了小院，与老人耳鬓厮磨，那情态，就跟小孩撒娇无二。老人把早就准备好的鲜草喂给小鹿，小鹿便在院子里抢着吃起草来，吃完草，它们又呦呦呦叫着依依不舍离开老人。

欧阳修感慨："你这里真是天外之地啊！人和动物居然能和谐相处，简直是世外桃源！"

老人说："你把动物当人对待，它就是人；你把动物当动物对待，它就是动物。我们这里没人狩猎，不杀生。"

欧阳修问："逢年过节，不吃荤？"

老人答："我们这里以吃豆腐为主菜，逢年过节就吃豆腐宴，炖豆腐，炒豆腐，炸豆腐，家家户户都做得一手好豆腐。"

欧阳修越听越高兴，亲自给老人满了一碗酒："老前辈，我敬您一碗！"

老人喝干后说："来而不往非礼也！你是贵客，我也敬你一碗！"

两人你一碗我一碗，又喝了许多。

欧阳修到底是喝多了，头重脚轻，摇摇晃晃走出老人的院子。

夜已经很深了，住在驿站的随从见欧阳修出门未归，便提着灯笼寻将出来。

在小村的路口，他发现欧阳修醉卧小村路边的草丛里，鼾声如雷。

随从把欧阳修抬回驿馆。

第二天红日高照，欧阳修一觉醒来，想想昨晚之事，甚觉好笑。

欧阳修草草吃罢早饭，复北行。

他对随从说："想我也算经多识广了，酒场历练无数，号称醉翁，见过听过的奇闻异事也不可胜数，但昨晚的经历让我明白一个道理，那就是人不可貌相，海水不可斗量，山外有山，人外有人啊。"

后来，欧阳修将此次北行写成了一首诗，描绘了承德一带的壮丽风光和风土人情，成为承德文学史上珍贵的篇章。其中就有这样的诗句："……朔野惊飙惨，边城画角雄。过桥分一水，回首羡南鸿。地理山川隔，天文日月同。儿童能走马，妇女亦腰弓。度险行愁失，盘高路欲穷。山深闻唤鹿，林黑自生风……"

　　这就是北宋年间我们承德滦平一带的真实写照。那是一个多么令人向往的美丽之地啊！

宋辽古驿道追忆

梅俊臣

在中国历史上，宋辽时期曾经有着结盟通好、和平相处长达 120 多年的发展历史。在这段历史上最好的见证就是沟通宋辽两朝的古驿道和古驿道上的驿馆，以及来往于两朝之间的使者和他们留下的诗篇。

那么宋辽古驿道是怎么形成的呢？我们只能顺着历史的脉搏来追忆一番。

燕云十六州和澶渊之盟

在说宋辽古驿道之前，有必要让读者先了解一下燕云十六州和澶渊之盟。

燕云十六州是中原王朝在北方的天然屏障，地势易守难攻，战略意义非常重大。宋朝自建立以后，一直都在为收回燕云十六州而奋斗，可惜事不遂心，宋朝一直都没有收复这片土地，因此说燕云十六州是宋朝人心中永远的一个痛。

燕云十六州就是现今的北京、天津，以及河北北部和山西北部地区。

在宋朝建立之前，这片土地归当时的五代十国中的后唐管辖。后晋的开国皇帝石敬瑭在起兵造反时，曾向契丹（辽国）求援，许诺事成之后割让幽云十六州，就这样石敬瑭在辽国的协助下做了皇帝，自此燕云十六州便成了辽国的疆域。

宋朝建立后，中原王朝就想收回这片土地，先后组织了两次大规模的伐辽，可事与愿违，均遭惨败。其中一次就是广为人知的杨家将的故事。这次败北之后，宋朝被迫在战略上采取守势，辽则乘机采取反攻。景德元年(1004年)，萧太后与圣宗大举攻宋。宋以澶州为战场，集中兵力与辽军展开决战。宋真宗临阵督战，以振军心。但唯恐辽军突破澶州，危及东京（今河南开封），大有罢兵和谈之意，而就在此时，辽派人来到澶州转达萧太后罢兵息战的愿望。两掌一拍即合，符合了宋真宗赵恒的心愿，所以，回信表示愿意和解，又派殿直曹利用作为使臣与其谈和。曹利用领命去辽营谈判，最终达成协议：宋辽为兄弟之国，辽圣宗年幼，称宋真宗为兄，后世仍以齿论。宋辽以白沟河为界（辽放弃遂城及涿、瀛、莫三州），双方撤兵；此后凡有越界盗贼逃犯，彼此不得停匿；两朝沿边城池，一切如常，不得创筑城隍。宋每年向辽提供"助军旅之费"银十万两，绢二十万匹，至雄州交割。双方于边境设置榷场，开展互市贸易等条款，缔结了和约。因澶州在宋朝亦称澶渊郡，故史称"澶渊之盟"。这样就形成了政治上南北对峙和长期的和平相处局面。

盟约缔结后，宋辽两国之间出现了长达百余年的和平，正是在这种大背景下，社会相对稳定，宋辽两国之间经济都得到发展，开始互派使者，频繁往来，形成了一条从宋东京（河南开封）至辽上京、中京的繁忙驿道。据后人考证，在这120多年期间，双方互派的使节达1600余人次。两国和平相处时间之久、双方往来之频繁，都是历史上罕见的。

宋辽驿道及四时捺钵

澶渊之盟之后，宋辽两国建立了互派使者的制度。每年双方互派"贺正旦使""贺生辰使"，并送上丰厚的大礼。另外，一方国家遇有大事，如皇帝驾崩、新君登位等都派遣使者报信，对方则回派使者；再就是双方发生争端，也随时派使者来谈判。

澶渊之盟后，宋辽两国划分边界就是以如今的河北高碑店市白沟镇北的白沟河为界，史称拒马河（即白沟河），也就是宋辽两国的界河。当年宋使者自东京开封府（今河南开封）出发，过了此河界——白沟河，便踏上"大辽国"土地。

宋辽两国之间路途遥远，为了方便使者往来，扩建了驿道，并且，在每段驿道之间建有驿馆或顿馆。驿馆和顿馆是两种不同规格的接待机构。驿馆较为正规，规格较高，驿馆之间的距离在40～50里之间，为使臣提供吃住。顿馆简易，只为使臣提供中午歇息和午餐。

从宋辽界河白沟，经辽南京（今北京）、辽中京（今内蒙古宁城县大明镇），到辽上京（今内蒙古巴林左旗南），这条驿道1800多里，沿途修筑驿馆32座。然而，宋朝使臣出使辽国并非都到达辽上京，因为，那时辽帝保持着先人的风俗，四时转徙。辽帝四时各有行在之所，谓之捺钵，又称四时捺钵。

捺钵，契丹语，意为行帐、营盘，是契丹国君主出行时的行宫，即临时居住之处。契丹君主"每岁四时，周而复始"，巡守于捺钵。据记载，契丹君主的"牙帐"按照常规时间，正月上旬，从冬捺钵营地启行，到达春捺钵地约住60日。四月中旬"春尽"，牙帐再向夏捺钵地转移，到达目的地后，居住50天，约七月上中旬，再转向秋捺钵地。当天气转寒时，则转徙到气温较暖的冬捺钵地“坐冬”。捺钵其实就是契丹朝廷临时所在地。

“四时捺钵”是辽国独创的制度之一。辽帝在不同的季节，去不同的地方驻跸行营，辽帝就在“捺钵”地点接见宋使，所以说宋使并不一定必须到达上京。但从白沟经辽南京到中京这段驿道，就是大多数宋使的必经之路。然而，这段驿道也有两条，一条是从今天的北京经古北口、滦平、隆化、承德、平泉至内蒙古宁城（辽中京）、巴林左旗（辽上京）的古北口路，宋朝使臣出使辽国多走此路；另一条是从今天的北京经通州、三河、蓟县、石门、遵化、喜峰口、宽城、平泉至内蒙古宁城的松亭关路。由于这条路简捷，辽国秘而不宣，成为一条神秘的驿道。

宋辽驿道留痕滦平　使臣塞外诗韵风情

宋使臣出古北口往北走，就进入辽中京大定府北安州，今河北滦平地域。自澶渊之盟以后，辽与中原和平共处以来，驿道上设置了驿馆。在这一区域设置的驿馆有：新馆、卧如来馆、柳河馆、打造馆、牛山馆等，供使臣吃住休息而用。我们顺着历史的脉搏追忆，不难发现许多出使辽国的宋朝使臣们在滦平境内宋辽驿道、驿馆留下的痕迹和充满塞外诗韵风情的诗篇。

滦平境内有一座著名的山岭——摘星岭，它在古北口与新馆之间。据《乘轺录》记载：“五十里过大山，名摘星岭，高五里，人谓之思乡岭。”摘星岭即今滦平县平坊乡和火斗山镇之间的大十八盘梁，山梁上古道盘旋，九曲十八弯。新馆坐落在平坊乡碰场沟门，二十多年前考古人员找到了新馆遗址。现在大十八盘梁古道还能清晰地看到车辙之印。

据记载，宋使臣们出使辽国大多数是在冬季，而且，出使的时间还比较长，当他们看到塞外寒风落叶，山川枯黄，驿道崎岖，远望群山连绵，天空无鸟飞过，听不到任何的喧哗之声，不由得心生思乡之情。于是，出使的大臣们写下了大量的出使诗篇。

年逾五旬的北宋刑部侍郎彭汝砺为皇帝出使贺辽主生辰使，雪天，在通往新馆（今天的滦平县）的路上，听到几声鸡鸣，不仅想起故里，泪眼蒙眬。当他见到乡亲，听到熟悉的声音，待他们极为客气，请他们喝茶，拉起家常话，此刻，彭汝砺想起故乡，不免垂泪。于是乎，他诗情涌动，写下了《过虎北口始闻鸡》的诗篇：

> 雪余天色更清明，野店忽闻鸡一声。
>
> 地里山川从禹画，人情风俗近燕京。
>
> 渔阳父老尚垂涕，燕领将军谁请缨。
>
> 容覆不分南与北，方知圣德与天平。

彭汝砺在经过望云岭时还与契丹伴使相互敬酒，并写下一篇《望云岭饮酒》的诗篇：

> 班荆解马面遥岑，北劝南酬喜倍寻。
>
> 天色与人相似好，人情似酒一般深。

诗题《望云岭自古北口五十里至岭上南北使者各置酒三盏乃行》所记甚明。此诗不仅写出宋使与契丹伴使相互敬酒的情景，而且还呈现出"天人一色、人情似酒"寒暄的画面。

宋代名臣苏颂出使辽国还朝途经摘星岭，由于"还家路"渐渐清晰，心情越来越好，"人喜动容"，留下了《摘星岭》诗篇：

> 昨日才离摸斗东，今朝又过摘星峰。
>
> 疲躯坐困千骑马，远目平看万岭松。
>
> 绝塞阻长逾百舍，畏途经历尽三冬。

古道雄关十八盘

出山渐识还家路，驺御人人喜动容。

宋代大文学家欧阳修出使辽国，途经古北口外滦平一带驿路时也写下了生动的"古北岭口踏新雪，马盂山西看落霞"的风光景色。

在宋辽和好的120多年间，宋辽使臣往来络绎不绝，滦平境内宋辽古驿道上留下了历史名人王安石、包拯，文学大家欧阳修、苏辙，科学巨匠沈括、苏颂等等使臣的足迹，为滦平境内宋辽古驿道汇聚了厚厚的历史文化积淀，为滦平的宋辽时期的历史文化增添了无限的光彩。

古驿道烟云

曹咏梅

昨天刚下过雨，道路比较湿润，微风从车窗拂过，送来阵阵清新。一丛丛、一排排的杨树、柳树，像是特意随着汽车马达声的节奏，跑动着、跳跃着、旋转着，争先恐后地向身后蹿去，直到眼前是一片绿色的连环画为止。路边五颜六色的鲜花，向我们微笑着点头致意，远处的山上绿波翻滚，多像一幅水墨画啊！

车子驶入了一个整洁的村庄，错落的民居和参差的大树相映，在漫山遍野林果的掩映下，安静地坐落在十八盘南麓。远远地看到路旁大树下的一块大石头上竖写着"大东沟"三个红色的大字，熠熠生辉。据历史记载，辽宋时期，滦平始终为辽之版图。辽代在滦平设一个镇、一个寨，即白檀镇、利民寨，隶属兴化县。大东沟是宋辽驿道的重要节点。

驿道也被称为古驿道，中国古代陆地交通的主通道，同时也属于重要的军事设施之一，主要是用于转输军用粮草物资、传递军令军情的通道。古代的驿道就是今天的国道，在古代又称为官道，是由中央政府投资并按统一国家标准修建的全国公路系统。滦平县火斗山镇和平坊乡之间的十八盘古驿道现在保存的那几段就是当时的官道。

我们参观了大东沟美丽乡村建设现代民居的新景象，在街道的墙

古道雄关十八盘

上，我们看到了宋辽驿路图：滦平境内辽代驿道，自古北口入滦平县，经巴克什营镇、火斗山镇、平坊乡、滦平镇、大屯镇、金沟屯镇、红旗镇进入隆化县。这条古驿道自西南而东北，贯穿滦平境内约230里，其间建有驿馆三处、中顿三处，形成了滦平以辽驿道为轴心的辽文化。

滦平境内的宋辽古驿道上的驿站馆，自古北口北行，历经古北馆、新馆、卧如来馆、柳河馆等。辽驿道始建于何年未考，但大康八年（1082年）的记事碑，给我们留下了有价值的史料。还有十八盘山岭驿道岩石上留下的车辙痕迹，岩石路面经历了上千年的马踩车轧、风吹雨打，使岩石凹陷五厘米深的车辙沟痕。车辙中间，马蹄叩地踩踏深入岩石数厘米，可见当年驿道车水马龙。驿道促进了宋辽之间的经济、文化交流。这段古代交通干线使用长达近千年，成为难得一见的千年景观。日臻完善的驿道为宋、辽友好往来提供了十分便利的条件，使经济得到更好更快的发展，百姓能够安居乐业，为中原与北部边疆经济文化的交流和民族融合创造了条件。

古驿道厚重的历史文化和精神传承，使大东沟这一方水土，养育了这一方人。大东沟承载了驿道文化的古韵，在驿道文化广场矗立的形状各异的大石头上，刻着出使辽国的历史人物头像和他们写的描写辽驿道上沿途见闻的诗歌，如苏颂、苏辙、欧阳修、王安石等。宋使臣大部分都是当时比较著名的文人学者，有不少大名鼎鼎的历史人物，后人称这些诗歌为使辽诗。使辽诗产生于宋辽和平时代的特殊环境，描绘了边塞辽地的风光民俗和辽地人民的生活状况。

大东沟村民居大都是灰白的墙体、砖红色的门楼，也有个别的是水泥勾缝的石头墙体，沿街靠河道一边是灰色的长城墙。街道旁有几处石碑上刻画的是：中国历史的拐点——澶渊之盟与十八盘驿道、宋真宗、寇准和萧太后、辽圣宗的介绍。沿街的墙上有新老二十四孝图文，讲述着人间最感人的故事。街中心还有"宋辽古驿道博物馆"，书尽了别样的风采，让人感到素雅、整洁、大方，历史文化的底蕴厚重。村街与大道之间有一座拱桥相连，桥下喷出的水雾在阳光下映出一道道彩虹。我拾级而上，透过云雾看到了滦平县与北京市密云县交界处的古老长城。

后来高振声老人在长期的走访调查中得知，在十八盘英勇抗日的还有：孟凡勇英勇杀敌，战死在十八盘东北山梁；张孝田被日军抓去，叫他带路运输，他宁死不屈，被日军杀死在十八盘山岭的古庙前。张孝田的妻子尹淑珍，教子谨记家仇国恨，爱国抗日；村民王殿甫长大后参加了八路军，在部队加入了中国共产党，后来还参加了抗美援朝战争，多次立功受奖，转业地方后，一直工作到退休。

驿路十八盘见证了历史的沧桑巨变，大东沟山上三千年的古崖柏记录了这里各民族之间友好往来的历史。穿行于迂回的山路，我们来到三千年的古崖柏山下。我们登上山峰，看着那古崖柏沧桑遒劲的身姿，它不怕山高、不怕土地贫瘠和岩石的挤压，把根儿扎在悬崖绝壁的缝隙里，顽强地生长，身子扭得像盘着柱子的巨龙。它在半空中展开枝叶，像是和酷暑严寒争夺天日，又像是和清风白云相嬉戏。站在高山上，轻风送来了阵阵的林涛声，带来了古木的沉香。高远的白云，多彩的沟谷，铺成一张气势磅礴的画卷，无须任何雕饰，纯天然原汁原味的美景尽收眼底。古驿道正向我们描绘着一幅崭新的画卷！

十八盘——张叔夜曾经来过

袁舒森

宋徽宗大观年间，大辽国通引官一行人站在十八盘梁顶恭迎大宋使节到来。

斜阳、古刹、秋风使年迈的通引官心头泛起阵阵寒意，一眼望去大宋使节的马队已经到山腰，马蹄踏在古驿道上的声音清晰可闻。通引官无数次地迎接过大宋使节，这一次却与以往不同，不只是武将做正使带队，也没有了以往拉运绢银的车辆。

唉！弱国无外交，曾经强盛的大辽已是朝政混乱、国力衰微。藩属女真人的崛起，更严重威胁到了大辽国命运。辽天祚帝耶律延禧想到了友好邦交一百余年的大宋。诏见宋使共商国是——联合防御女真完颜阿骨打。

大宋使节张叔夜从马上下来，通引官近前迎接，双方见礼寒暄，通引官请张叔夜进入云盘寺禅房饮茶小憩，按当时的礼节对饮三盏秫酒。然后，一同骑马到奚境第一驿馆——新馆（契丹人最早采用了"一国两制"的治国方略，燕云十六州虽早已归辽，但治理方式仍采用汉制，治理辽地汉人。古北口外原厍莫奚领地采用辽制，治理奚人。驿馆饮食服饰也因地域区别有辽汉之分。新馆位置在今滦平平坊属辽地奚境）。

身着貂袖紫袍的契丹贵族接伴使相迎到驿馆外，见礼后入驿馆按级别分宾主落座。契丹接伴使见张叔夜身披软铠，武将装扮，言语间多有讥讽宋以文驭武、重文抑武的做法。又言大宋多名相而少有名将。这虽是事实，但作为使节必须不卑不亢。张叔夜从容作答：我国前使节欧阳修有描述友邦"儿童能走马，妇女亦腰弓"的诗句，本使很想见识一下勇武彪悍的契丹人骑射技术。

正中契丹人下怀，他们本来就想展示一下骑射本领，借以震慑南人。校场上设置了靶子，辽人请张叔夜先射，张叔夜艺高人胆大，也不谦让推辞，上马引弓，百步外一箭正中靶心。辽人惊异，不敢再比，拱手认输。想查看他所引强弓，张叔夜以无前例为由拒绝。

契丹人尚武，对张叔夜敬若神明。契丹贵族接伴使在新馆，用上好的契丹筵席招待张叔夜。按照契丹习惯先用鼎盛上米饭和炖鳇鱼，再用银盘盛上烤羊腿和熟牛腱子肉，吃得差不多又上鹿脯肉、野猪排、山蔬、野果、蜜饯等山珍野味，最后是马镫壶里盛着的赤红色鹿茸烧酒，宾主各饮十三盏……

张叔夜此次出使契丹和天祚帝会晤情况宋史里没有明确记载，估计是没有实质性结果。几年后宋和金签订了"海上之盟"，直接导致大辽覆灭。

此次出使辽国的最大收获是：归来后，张叔夜画出辽国的山川、城郭、服器、仪范等资料，上呈宋徽宗。这就是当时的军事地图。

很多人对张叔夜的了解只局限于《水浒传》和《说岳全传》，《水浒传》里张叔夜成功招安梁山好汉，并派其南下平定方腊叛乱；《说岳全传》里张叔夜降金上演无间道，被李若水羞辱，蒙羞自杀。这都是小说中演绎的故事，在历史上张叔夜是一个了不起的大宋忠臣，剿灭梁山，浴血抗金，亲历靖康之耻而不改报国之志，忠诚堪比岳飞。

张叔夜（1065—1127年），字嵇仲，其祖籍河南开封，出生于江西广丰。

宋英宗治平二年（1065年）生，少年时对军事感兴趣。荫补入仕，任兰州录事参军，戍边期间，他建西安州，遏止羌人侵扰，有效缓解了边患，后历任襄城县、陈留县知县，颍州通判，舒州、海州、泰州知州，积累了丰富的军政经验。

宋徽宗大观初（1107年），任库部员外郎、开封府少尹（官阶四品）。

大观二年（1108年），赐进士出身，迁右司员外郎。

大观三年（1109年），张叔夜堂弟张克公曾弹劾蔡京，使蔡京被迫下台，因而与张氏结仇，并迁怒于叔夜，将叔夜贬为西安草场监司。

数年后，张叔夜被召回京师当秘书少监，后又升至中书舍人、给事中。然又遭到蔡京忌恨，受压制打击，外派出任海州知州。

宣和元年（1119年），山东爆发宋江农民起义，起义军转战十郡，官军"莫敢撄其锋"，声势浩大。

宣和三年（1121年）二月，宋江率军南下，准备攻打海州。张叔夜听闻消息，招募近千名死士在城郊设伏，派少数兵力引诱敌军前来交战，然后派人焚烧敌军战船，趁对方惊慌失措、了无斗志时，伏兵杀出，大败敌军，擒获副帅，迫使宋江及三十六头领投降。张叔夜是名副其实的宋江终结者。张叔夜以功升徽猷阁直学士，改任济南府（今山东济南）知府。

任济南知府时，有山东群盗来袭，张叔夜用"旧的强盗赦令"蒙骗群盗，并在谯门设宴饮酒以示闲暇，乘强盗懈怠之际，连夜发兵，斩首数千，击溃群盗，张叔夜擢升龙图阁直学士，派任青州知府。

宣和七年（1125年），金兵大举南下，兵锋锐利，直指宋朝国都汴梁。张叔夜审时度势，上书朝廷，建议乘金兵孤军深入之机，宋军应尽快抽调精锐骑兵，切断金兵后路，在中原腹地把金兵围歼。张叔夜这一招可谓真知灼见，当时另一个名将种师道也曾向皇帝提出过类似建议。可惜昏聩软弱的宋徽宗却毫无斗志，置之不理，白白丧失扭转战局的良机。十二月，宋徽宗引退，宋钦宗即位。

靖康元年（1126 年）九月，张叔夜二次上书抗击金兵之策。朝廷调任张叔夜为邓州知州，兼任南道都总管。十一月，金兵围京都，张叔夜收到皇帝勤王手札后，62 岁高龄的他亲率两子及麾下三万兵马，星夜兼程入京护卫，途中遭遇金军，他又率军且战且进，屡挫金军，终于辗转到达开封。各路宋军非败即逃，少有前来勤王。

宋钦宗十分感动，亲自接见了浴血奋战的张叔夜。

张叔夜深感金兵势大，且战力强悍，建议皇帝尽早撤出京师，南迁到襄阳，以免不测，日后徐图大事。事实证明，如果宋钦宗听从张叔夜，靖康之变将是另一种结局，北宋绝不会因此灭亡。

可庸碌无能的宋钦宗犹豫不决，幻想能与金兵议和了事。张叔夜无可奈何。

闰十一月，宋钦宗授张叔夜延康殿学士、资政殿学士衔，进签署枢密院事（相当于枢密副使），委以指挥军事全局重任。张叔夜临危受命，组织力量殊死保卫开封，亲自率军与金兵鏖战四天，接连四次出城大战金兵，阵斩金国两名武将。此时昏庸的宋廷高层听信郭京"调遣阴兵"作战的迷信说法，导致宋军大败。

十二月二十五日金军攻入城内，汴京城陷，宋钦宗被金兵吓破胆，最终决定议和乞降。他出城之际，张叔夜拦住车驾放声痛哭。结果宋钦宗被金人俘虏，受尽凌辱三日，签订投降协议后暂时放归。张叔夜多处负伤仍与其子张伯奋、张仲熊苦战不已，终因寡不敌众为金军所俘。

古道雄关十八盘

靖康二年（1127年）正月，宋钦宗至金军营议和，被拘禁，北宋正式灭亡。三月，金人欲建傀儡政权"伪楚"，要求张叔夜等人联名"劝进"，拥戴张邦昌为帝。忠心耿耿的张叔夜严词拒绝，他掷笔于地，凛然道："今日之事，有死而已。"

三月二十七日，金人掳二帝、皇族和官员40人并家属离京北去。

五月十六日，至宋金两国界河白沟地方，船夫高喊"过界河了"，极度衰弱的张叔夜闻言遽然起立，仰天大呼，自此不再言语，次日张叔夜绝食断舌而亡，终年63岁，其子张伯奋亦自杀。

想必此时的北宋名将张叔夜，一定想起了，当年由此出使北国一箭镇胡虏的豪迈，以及今天复国无望沦为阶下囚的悲哀，两种矛盾心情搅乱了思绪，极大的反差压垮了老将残弱的躯体，北宋最后一颗将星陨落了。

绍兴八年（1138年），南宋与金议和，张叔夜父子遗骸得以回归故国。当船行到鄱阳湖时，遇大风，无法前进，只得将其父子遗骸葬于湖畔。追赠张叔夜开府仪同三司，谥忠文。

众所不知，当时与张叔夜一同严词拒绝劝进，被俘北行的北宋大臣里，还有一个名气极大的人物——秦桧。可惜的是，秦桧没有把忠诚坚持到底，他很快丧失原则和气节，被金军放回南宋后谋害岳飞等抗金名将，成了汉奸卖国贼。

倘若张叔夜能预知秦桧后来的可耻行径，恐怕这位疾恶如仇、忠君爱国的烈士就算拼尽最后一丝力气，也要灭杀这个与自己同行的无耻之徒。

当滦平人在十八盘宋辽古驿道怀旧，眼前闪过王安石、欧阳修、苏辙、包拯、沈括、韩琦、王曾、路振、彭汝砺……这些文豪的时候，一定别忘了这位悲情的神射手张叔夜也曾经来过滦平。

十八盘古道上的神秘碉楼

邓秀军

在宋代使辽诗中傲然崛起的滦平县十八盘梁，汇聚着厚重的历史文化积淀。澶渊之盟后的一百多年间，宋辽使节往来不绝。历史名人王安石、包拯，文学泰斗欧阳修、苏辙，科学巨匠沈括、苏颂都曾在此留下深深足迹。这里地处燕山峻岭之中，盘道十八弯迂回至山顶，地势十分险要。它不仅是宋辽两国征战、往来的交通要道，也是清代皇帝北上"木兰秋狝"的主要通道之一。山岭两侧曾经出现以盘云寺、碧霞宫为代表的寺庙群，香火旺盛，庙会连月，延续数百年，繁华一时。古寺庙遗址和梵文石刻遗址至今保存，而最令人震撼的是岭间石板路上镶嵌着的两条一寸多深的古代车辙痕迹。契丹大军旌旗漫卷、忽必烈铁蹄南下、大清皇帝挥鞭跃马……一幕幕历史画卷在这里展开，又都如白驹过隙，瞬间成为尘封往事，只有两条深深的辙痕，默默地承载着千年的历史沧桑。

我的老家就在十八盘梁脚下一个叫作三道沟的小村，记得第一次登上十八盘梁还是在7岁的时候。那一年，二遍地刚耪完，县评剧团就来到了我们村唱大戏，一整圈严严实实的铁栏杆里面是巨大的白色帷幕，白色的帷幕里面不时地传出阵阵锣鼓声和咿咿呀呀的唱声。顺着帷幕的缝隙钻进去，里面挤满了十里八村聚来的或陌生或熟悉的男女老少，大家都目不转睛地看着北面舞台上一个长相俊俏的年轻女子，之后是一个孩子在舞台上高声喊了声娘，鼓板就紧密地敲打了起来，接下来又是咿咿呀呀地唱。到现在我也不知道那是唱的哪一出，但是只记得台下不时地响起一阵阵热闹的叫好。也许是受了舞台下人们欢乐气氛的感染，五十多岁的大爷爷回到家中便安排12岁的四叔去梁后的十八盘村和杨树沟门村接两个姑奶奶回娘家看戏。

杨树沟门离三道沟14里地，由于当时不通班车，往来都需要经过十八盘梁。也许是因为四叔一早知道十八盘梁山高路远，一个人走起来战战兢兢，就来到我家向我父母央求带我一同前去做伴。因为是接姑奶奶回家，父母也非常高兴，便答应让我跟着四叔一起去。

我们家到十八盘梁头有六七里的距离，我们两个男孩子，基本上都是一边玩一边小跑着，就沿着德胜岭流出的溪流一路北上来到了十八盘梁下。从山下到山上的小路很曲折，两边还有几片氟石风化形成的小沙滩。我们同样是玩会儿沙子，跑一小段路，连玩带跑地越过了高大的十八盘梁。也不知道用了多长时间，只记得从家里出发的时候刚吃过午饭，下梁的时候感觉太阳已经快到山顶了。

那一次走过十八盘，并没有对两道长长的车辙有什么印象，但是印象最深的就是在沙滩上、古道边时不时地就能见到一个个用薄薄的石片搭建的井筒一样的小碉楼。回来的时候，那些小碉楼一个个都在，只是有的已经倒塌，像是被淘气的孩子故意踹了一脚。后来相当长的一段时间，听大人们提起十八盘梁，我的心中浮现出的就是路边那些不知何人用小石片搭建起的一座座圆形的小碉楼。

第二次登上十八盘梁，我已经是12岁的小学生了。那是一个倭瓜花刚开的季节，老家前院的四爷爷听说十八盘村搭起了舞台唱大戏，便领上了他的两个孙子和我们几个孩子一起去看戏。走到十八盘梁南侧的马圈子梁根，四爷爷便打开了话匣子，边上山边给我们讲述十八盘梁的故事。在他的故事中有路上深深的车辙印，有残破的古庙遗址和荒废的古戏台，有千年不干的海眼，还有山寨王在十八盘打劫的可怕记忆。每讲一段故事，他都会随手地指着一些历史的遗迹让我们看。那一次我第一次感受到了十八盘梁原来还承载着那么厚重的历史。

那天看的戏是金沟屯老乡自己组建的河北梆子剧团演的，记得是邓禹、马武等一个个将相的鬼魂向汉光武帝刘秀索命的故事。那天戏台选在一个坝阶上，没有铁栏，也没有布幔，但台底下的人好像不是很多，还有卖瓜子和空心豆等零食的小贩。

回来的时候，我特意留心了路边，依旧在不远的地方就能找到几个薄石片搭起的或水桶大小或茶壶大小的碉楼。当我问起四爷爷这一座座碉楼是干什么的时候，他反复地看了好几次，也没说出个理由，更没说出什么故事。倒是一个伙伴将要端倒它时，一个放牛的孩子似乎很认真地喊道："别踹，踹了回去会脑袋疼。"他的一句劝阻，让那些大大小小的"城堡"在我的心中留下了十分神秘的印象，总觉得那里面或多或少地隐藏着一种神秘的力量。

长大后，又曾走过几次十八盘梁。每一次都会无意间看到那些神秘的小碉楼，每一次，我对它们都是敬而远之的。有时候它们就在脚下不远，便给它们添上一两块石板，但从来没有一次敢将它们破坏。那时候，我常想它们或者就像西藏的玛尼堆或是草原上的敖包一样代表着一种朴素的信仰、一种内心的神圣。

2020年9月初，我和几位志同道合的伙伴去探寻十八盘古道上车辙轨迹的秘密，无意间又看到了几处这样的小碉楼，其中一个甚至搭得像一座小房子，有门有顶。这些神秘的小碉楼，引起了我们所有人的兴趣，但是谁也猜不出几十年来山上出现的众多小碉楼有什么由来和用途。于是，我们决定一定要找一位老乡问清它的由来和寓意。

事有凑巧，我们一路也没找到一个知道此事的老乡。我试着打电话求助在宣传部文产办工作、从十八盘村走出去的亲戚张艳红。经过她近十几天的认真探寻，终于用微信给我发来了信息："小叔，那些小碉楼不是什么信仰，有人看到是梁根马家一个精神有些疾病的老太太上山垒下的。"

收到她的回复，我并没有为这个答案感到十分失望。她所说的那个精神不太正常的女人，我们小时候是经常见到的。可是谁也没想过将她与那些神秘的小碉楼联系在一起。连续几十年，那个神秘的女人在这神秘的古道留下了一个神秘的故事，这个答案虽然近似荒诞，却也同样是一份独特的历史记忆。也许有一天它们都会随着那个女人的离去而消失，或许几十年后的某个人还会记得或说起这条古道边神秘的小碉楼，说起那个神秘的女人。有人曾说，一个内心封闭的人，他的心灵应该是清澈的。如果真像这个答案所言，也没有人能说清，在那个老太太搭建小碉楼的时候，眼前看到的会是一个怎样的世界，心中忆起的会是怎样的过往。但我坚信，那时候她的心灵是宁静和清澈的，那里面一定承载着她心中全部的向往和美好的记忆。

今天，十八盘上的古道犹在，一座座完整或是坍塌的小碉楼依旧孑然地留守在早已人迹罕至的路边。仔细端详那些碉楼，其实我并不十分相信是那个老太太能够在几十年不间断地完成这样神秘的创作。但是，真的希望那个老太太能够一直健康地活下去。也许，那些神秘的碉楼正是她心中一个个最纯净的故事，愿它们也如梁上那古老的六字箴言摩崖石刻一般，让所有未知的路人能够看到它们，感受到一份心灵的宁静，领会到一份最朴素的信仰和古老的祝福。

读 山

李士侠

　　"春山如笑，夏山如怒，秋山如妆，冬山如睡。"这是清代恽格《瓯香馆集》题画跋所说。恽格是画家，将山喻为不同形态的美人，用美人的不同形态表现山的自然景观，这样，我感受到一种独特的幸福，因为山变成了画。于是，那真诚的山竟直趋面前。凝神片刻，群山影影绰绰，从夜的窗口奔腾而来——"啊，你蓝茫茫的群山！"

　　书是读的，山能读吗？能！但真要读进去，并非易事。其实，山是登的，东坡先生有诗为证："足力尽时山更好，莫将有限趁无穷。"光登不行，还要入心。当你得意扬扬地嘘一口气，抬头一看，前面还

古道雄关十八盘

要高，再登，再高……大山像和你做着游戏，你一个劲地向上登，不愿被征服的大山咆哮了，飒飒的风吹得你眼也睁不开。这时你与山融为一体了，你就像一位真正的巨人，披风当襟，扯云做带，直可雄视千古，俯可傲览九州。

未登而入我心的，是滦平县火斗山镇边营村大东沟自然村北边的十八盘梁。在这条使辽之路上，穿梭了千年时光，承载相聚与离合，满目青山，世间沧桑。难怪一首乐府诗写道："上马不捉鞭，反拗杨柳枝。下马横吹笛，愁杀行客人。"望着古老的车辙，倾听昨天的故事，如同阅读一部长卷。

十八盘梁，古称摘星岭，又叫德胜岭、望云岭、思乡岭、辞乡岭。盘道曲折的山路，自南向北弯迁山顶，是出古北口驿路到达中京、上京必经的一座山岭。1067 年，苏颂第一次使辽，途中写诗 30 首，"昨日才离摸斗东，今朝又过摘星峰。疲躯坐困千骑马，远目平看万岭松。绝塞阻长逾百舍，畏途经历尽三冬。出山渐识还家路，驺御人人喜动容。"抒发他的所见所闻及对老友的怀念之情。十年后，再次出使辽国，参加辽道宗的生辰庆典，十八盘梁旧地重游，他感慨万千，又写下"使辽诗"28 首。"路无斥堠惟看日，岭近云霄可摘星。握节偶来观国俗，汉家恩厚一方宁。"再次歌颂睦邻友好的可贵与正确。

1091 年冬，北宋状元彭汝砺出使辽国，途见望云岭，发出"万里沙陁险且遥，雪霜尘土共萧条""狼顾鸟行愁覆溺，一日不能行一驿"的感叹。不过，等他上得岭来，心情就像早晨初升的太阳，以至于陶醉其间。原来，从山那边赶来迎接彭汝砺一行人的馆伴使，像春风一般，不仅嘘寒问暖，还准备了美味佳肴，在简陋的帐篷内，契丹人与彭汝砺谈笑风生，心如春意，灵感如窗外雪花飘落，诗意占据了全部："班荆解马面遥岑，北劝南酬喜倍寻。天色与人相似好，人情似酒一般深。"

那时候，在望云岭契丹与中原使者见面一定要举行三盏敬酒仪式，彼此联络感情，虽然时光短暂，但和平的气氛袅袅升起，以至于许多北迁而来的汉族兄弟和世代定居于此的奚人、契丹人，大有一家亲的感觉。此时国之栋梁的彭汝砺诗兴大发："今日日如昨日日，北方月似南方月。天地万物同一视，光明岂复华夷别。"

古道山关十八盘，见证了宋辽时期120多年的友好，她是我国历史上和平的象征，经济繁荣的象征。细细读吧！在这里能读出山的神，山的魂，山的毅，山的纯，山的胸襟；细细看吧，紫烟里、晚霞中、朝暾夕晖中的山，云雾弥漫的山，巍峨又叠嶂；雷鸣电闪时，山怒而崖腾，山的色，山的音，山谷里的回声……

"闲月清风静如水，繁星野鹤淡如山。"山水的和谐，生活的纯美，静静如水，淡淡如山，幸福的一生，起伏不平的一生，就这样看过去了。

平顶山发现神秘"道"字石刻

刘国春

道，路也。道不拾遗、阳关大道。

道，说也。一语道破、能说会道。

道，自然规律也。黄道吉日、大道之行。

道，思想智慧也。传道授业、文以载道。

道，信仰境界也。修仙得道、志同道合。

道，除却本义外，是中华民族为认识自然万物和人性本身所创用的一个名词；道教也成为中国本土特有的宗教。日月无人燃而自明，星辰无人列而自序，禽兽无人造而自生，风无人扇而自动，水无人推而自流，草木无人种而自生，不呼吸而自呼吸，不心跳而自心跳，等等不可尽言皆自然如此。因一切事不约而同，统一遵循某种规律，无有例外。它即变化之本，不生不灭，无形无象，无始无终，无所不包；

其大无外，其小无内，过而变之，亘古不变。其始无名，故古人强名曰：道。"道可道，非常道。"道的概念最早是由老子提出来的，在《道德经》中对"道"做了详细的论述，并和"德"有机结合起来。《道德经》被称为万经之王、群经之首，随着时间的推移，道家思想不断分化、传播、丰富完善，对中国乃至世界哲学史的发展有着重要的意义。

在滦平县红旗镇北部的平顶山虎头崖上，发现一处神秘的"道"字石刻，其近似隶书的字体古朴、苍劲有力，深入岩体约 1 厘米，大小 15 厘米见方。虽历经千百年风雨侵蚀，但笔画仍清晰可辨。2015 年，滦平电视台《滦平映像》节目对此做过报道，但对其历史成因没有过多的提及。

此字何人所刻？有何寓意？又历经几多风雨？

"宋辽驿道"说，与宋代沈括有关

1005 年 1 月，宋辽在澶州订立和约，史称"澶渊之盟"。之后宋辽之间以和平通使代替了兵戎相见，在战国、秦汉故道的基础上开通了宋辽驿道。在滦平县境内，驿路总长度就达到 200 余里，设有驿馆三座，即新馆（滦平县平坊乡）、卧如来馆（滦平县大屯镇）、柳河馆（滦平县红旗镇），另外还有三处"顿馆"。

1075 年，大宋熙宁七年，辽国向大宋无理提出要重新划定边界。大宋派沈括率使团出使辽国进行谈判，沈括不辱使命，最终使辽国没讨到任何便宜，谈判成功。在谈判结束后的回朝途中，沈括将途经的每个地方的山川河流、险要关口以及风土人情都调查得清清楚楚，记录下来绘制成图，并在重要地点做出标记，以备后人循迹而行或考证。回宋后，他又花费了不少时间将这些资料整理写成《熙宁使虏图钞》，进献给宋朝廷。正因为此次出使的功绩，沈括被提升为翰林学士。

书中详细的记录，让后人得以了解当时驿道路线和辽国风物等情况。宋辽驿道过柳河馆，途经半砬子东沟长岭梁，在这里有渤海人冶铁遗址。据王曾《上契丹事》记："柳河馆西北有铁冶，多渤海人所居，就河滤沙石炼得铁。"这里确有铁矿，隶属滦平县红旗镇，与承德大庙铁矿系同一矿脉。二十世纪八十年代承德文物部门在此处调查时，曾在东沟后梁顶发现辽代炼铁炉，里面有大量炼烧的块状焦结物。再往北就是现在滦平县和隆化县的交界地荞麦梁。据沈括《使契丹图抄》记："过顿馆，逾度云岭三十五里至打造馆"，得知此岭当时名叫"度云岭"，这里山高路陡，而虎头崖正是此处附近的一座高峰，它东北俯视度云岭（荞麦梁），南望伊逊河川与哈叭沁川，与墨斗岭（榆茨梁）遥相呼应。站在其上，宋辽古驿道遗址尽收眼底。因此，虎头崖上的"道"字石刻，很有可能是当年沈括一行登上峰顶，观察驿道线路走向，在突出的岩石上亲笔所书"道"字，由随从錾刻下来，作为一处重要标记。

"修仙得道"说，与常遇春有关

平顶山位于滦平红旗镇、小营乡与隆化县交界处，是东西走向的一列山，主峰小白草洼海拔1065米。因其前后没有低矮丘陵的陪衬，所以相对高度较高，显得拔地而起，雄浑巍峨。这里山高林密，三面环水，四周是悬崖峭壁。山系东面之所以称为"平顶山"，是因为平均海拔在800米以上，形成高山台地，方圆几公里；山顶树木葱茏，林后是地势平坦广袤的黄土地。山系西面则诸峰并立，小白草洼主峰顶上遍布一人多高的白草，微风吹拂，密密丛丛犹如白色的浪花翻滚，别有一派"天苍苍，野茫茫，风吹草低见牛羊"的悠然景致。山后奇峰争艳，飞瀑流泉，景色宜人。

伊逊河水在这里受山阻挡，折向西，又向南、东流去，形成一个大"几"字。历史上的伊逊河，在魏晋南北朝时叫"索头水"；辽、金、元时，伊逊河叫"柳河"；明朝永乐以后成为蒙古人的游牧地，有了蒙古语"伊逊郭勒"之名，意为"九曲的河流"；到清朝时蒙汉语并用，称"伊逊河"。明史中记载开国将领常遇春的死因："师还，次柳河川，暴疾卒，年仅四十。"

常遇春生于安徽农村，自幼习武，体貌魁梧，25岁参加朱元璋的义军队伍，随朱元璋东征西伐，骁勇善战，为大明政权的开创立下汗马功劳。众所周知，常遇春嗜好出征，在战场上更是带头冲锋陷阵，以大将的身份与敌军的小兵厮杀，给手下的士兵极大的鼓舞，这也是常遇春战无不胜的一个重要的原因。但常遇春性情孤傲，且嗜好杀戮，在沙场上战无不胜，却常常杀降，即杀掉投降过来的士兵。古有云："杀降不祥"。40岁时，常遇春在北征途中逝世。为什么常遇春会英年早逝？一种说法是被朱元璋谋杀，这种说法可信度不高，江山社稷尚未一统，朱元璋怎么有理由斩掉自己的"左膀右臂"呢？另一种说法是被累死的，历史资料记载：洪武二年（1369年）五月，元将也速率兵侵扰通州，常遇春与李文忠等几名大将北上讨伐，在近两月的对战中，明军不断传出捷报。遂攻占元大都，恢复北平府；征山西、陕西，击败扩廓帖木儿；继续北进，攻占元上都开平，全歼守军。洪武二年七月，常遇春自开平起程班师回京，大军行至柳河川（即今天的伊逊河），常遇春突然发病，召唤郎中过来看后，便说是得了"卸甲风"。不日后，就暴病身亡。还有一种说法是假死，被武当张三丰真人点化入道修行。

常遇春班师回京途经柳河，的确因得了"卸甲风"而染病，随行军医缺乏治疗风疾的良方，致使常将军的病情不断恶化。这一日晚，

古道雄关十八盘

常遇春在迷离中做了一个梦，无数孤魂野鬼手持兵刃刺向他，他想抵抗却浑身无力，千钧一发之际，一位羽衣仙人救起他飞入云端。常遇春被噩梦惊醒，但见帐内床头站立一位体姿丰伟、鹤发童颜、须髯如戟，上身穿一件破旧衣服的道长。常遇春气喘吁吁地问道："你是谁，为何在我帐中？"道长答道："大元遗老，贫道张三丰是也。"

张真人表明来意，为常遇春进行初步疗伤，补气固元。二人进行了彻夜长谈，分析了天下大势和个人的前途命运：大元是日薄西山、气数已尽，明统一天下是大势所趋。但蒙古战略纵深之大，政权并不会消亡，将与大明长期并存之，亦有征战。常将军连年征战，积劳成疾，今日已是命悬一线，不能再驰骋疆场，如不调养必然命丧黄泉。即使君康复，待到朱元璋坐稳了江山，将军一定能共享荣华富贵吗？历史上"飞鸟尽，良弓藏；狡兔死，走狗烹"的事例太多了，韩信等就是前车之鉴。张三丰劝常遇春急流勇退，随自己归隐山林，养心修道。经过张三丰点化，常遇春也感到自己杀戮太重。还有以他对朱元璋的了解，历史悲剧或许会在自己身上重演（从朱元璋后来打杀功臣的事中可窥一斑）；然主要原因还是作为一员将帅，不能再率军征战沙场，人生便了无意义了。所以常遇春便同意跟随张三丰静心养病，潜心修道。张三丰不仅道学高深、武功登峰造极，而且通晓医学和易容之术，他早已为常遇春准备了一个替身死尸，放置于帐中床上，连常遇春本人都非常惊讶，这替身简直和自己一模一样。张三丰背起常遇春，如飞一般离开明军营帐，连夜登上位于柳河边的平顶山。

第二天清晨，军营传出噩耗：常将军得暴症"卸甲风"猝死。一代将星陨落柳河川。

后来，张三丰为常遇春治病疗伤，待其痊愈后，又把修真心法传授与他，留下《道德真经》《黄庭内景经》各一部，便四方云游去了。

常遇春在平顶山上修心悟道，研习武功和医药绝学。在虎头崖一块突出的岩石上打坐，在石头上用手指书写"道"字，天长日久，字迹便深入岩石内部。常遇春后来修成正果，道号"静虚子"，开始了云游四方、悬壶济世、救民苦难的另一面人生。

"替天行道"说，与大侠窦尔敦有关

窦尔敦，直隶河间府人，一位劫富济贫、对抗清廷、叱咤风云的绿林豪杰。传说中他有着神奇的武功，外号铜头铁罗汉，拿手绝活有螳螂十六式、达摩老祖易筋经、阴阳二气拳、虎尾三节棍，独家兵器护手双钩更是横扫九州十六府，威震武林。传说窦尔敦在滦平县白旗平顶山占山为王，留下宝藏九缸十八锅。

窦尔敦前往木兰围场盗得御马"金鞍玉辔追风赶月千里驹"，图一时之快，突重围迫不得已使出护手钩，暴露身份，若从原路返回，清廷必在路上布重兵擒拿。只有另辟蹊径，沿伊逊河而下，机缘巧合诛杀了在平顶山占山为王、强抢民女的强盗和尚"赤面罗刹"，窦尔敦便占据平顶山为王，创立新寨。窦尔敦命人在虎头崖上刻下"道"字，即为"替天行道"之意。

窦尔敦率领山寨弟兄干了很多打劫官府、劫富济贫的事，被官府仇视。官府抓了窦尔敦的老母亲，关押在热河府大牢。窦尔敦便解散山寨弟兄，带领十三骠骑前往承德救母，便不知所终。

因篇幅有限，此说简写，详见民间故事《窦尔敦聚义平顶山》。

故事里的事，信其则有，不信则无，但"道"字石刻却是真实存在的，无论哪一种传说，都为滦平的平顶山蒙上了一层神秘的面纱，成为当地百姓茶余饭后的谈资。无论故事真假，至少证明滦平自古就是沟通京津辽蒙的交通要冲，见证了汉民族与北方少数民族沟通、交流、融合的恢宏历史。

　　滦平已构建起四通八达的道路交通网络，京通铁路、张唐铁路在这里交会；京承、张承等高速在这里张开臂膀；多条省、县道伸向八方，迎接四海宾朋。滦平正以崭新的姿态开启绿色和谐发展的盛世华章！

　　大道之行，大美滦平！

古道忧思

于 广

中华民族五千年的文明史创造了许多独具特色的中华文化。古御道、古驿道、古栈道，每条道上都不知走过多少英雄豪杰，留下多少动人的传说故事，记录下多少兴盛与衰落的悲喜剧。每条古道上都闪烁着一种耀眼的历史文化。当我们今天重走或重新审视这些古道时，每个人心中都不免涌起时代风云，荡起情思感慨。2018 年 7 月 8 日，我们承德作家采风团来到滦平县火斗山乡边营村大东沟自然村。这里本来是个省级贫困村，但我们看到的却是整洁的村容，脸上挂满幸福笑容的村民，经过精心打造的精美村民广场，古韵浓浓的牌楼、石雕、古塑、小桥流水、喷泉，水雾中若隐若现的石龙。宋辽古驿道展览馆，有件件令今人无法释疑的出土文物；还有远处的石碑，摩崖石刻，深深的长长的千百年前牛马车碾轧出来的车辙印。这些古物古迹在博物馆里是找不到的，无须去翻查资料，无须到史海中去考古求证，亲眼所见、亲耳所闻即足以让我们浮想联翩，酝酿成章了。

遥想当年，从秦皇统一六国再到西汉、东汉、李唐、后唐、北宋、南宋、大辽、大金，多少年头，多少枭雄，你争我夺，战火不断，硝烟弥漫，多少黎民涂炭。其实，无论哪一场争战，无论哪一方胜败，我们都无悲喜可言，我们只有痛哉、惜哉，因为，他们都是炎黄子孙，都是一奶同胞，当然，那些叛臣贼子，逆潮流而动者，死不足惜。翻阅一页页尘封的历史，尽管有那么多精彩故事，但并不值得我们津津乐道。值得我们津津乐道的，值得我们大书特书的，值得我们从心头赞美的，是我们今日之大中国。看：五十六个民族的兄弟姐妹，精诚团结，手携手，勠力同心共同拥护可爱的中国共产党，共同建设可爱的祖国。再也没有兄弟相争，骨肉相残，黎民百姓再不受战争之累，流离之苦；再不见啼饥号寒者，再不见街头流浪者；到处莺歌燕舞、惠风和畅，歌舞升平。真乃前不见古人，后不见来者。人们常将康乾时代喻为鼎盛王朝，而它岂能与今日之盛世相比！我们探访古道，追寻史迹，抚今追昔，万千感慨说到底就是三个字：满足感。

是的，满足感。阅尽中华民族几千年沧桑，何曾有过今日之辉煌，何曾有过今日之幸福，何曾有过今日之自豪。这就是我们访古读史意义之所在。然而，哲人告诉我们要以史为鉴，要居安思危。可是，我们却遗憾地看到，在如此美好幸福的生活面前，一些易于满足的人们失去了前进的动力，迷失了奋斗的方向，曾经坚定固守的精神信仰也随之淡化了。许许多多的人，不再讲勤俭节约，不再讲艰苦奋斗，而是一味追求金钱，追求享受，追求快乐，醉生梦死。更有许多人开始追求那种自己曾经引以为耻的腐化堕落的生活方式，许多有条件的官员、大款糜烂了，许多刚刚富裕起来的人也在千方百计创造条件加快糜烂的步伐，许多本来朴素善良的人也开始追求豪华、奢侈。人们的思想、意识在变，人们的情感、信仰在变……记得美国前国家安全事务助理布热津斯基在所著的一本书中写道：他所期望看到的，侵蚀、瓦解、灭亡社会主义国家的第一步景象就接近于此。前不久，重读此书，把我惊出一身冷汗，难道这位反华野心家的预言真的会在我们这一代实现吗？"忘记过去，就等于背叛。"我们每一个有良知的炎黄子孙都不该忘记中华民族苦难的历史，都应该常回过头来想想过去，重温一下历史，温故而知新，绝不能让那一幕幕不堪入目的历史悲剧重演。许多兄弟相残的史迹尚在，无数外敌入侵的弹痕尚存，我们的国家与过去相比是强大了，强大了多少倍，但我们就有把握抵御超级大国的挤压、攻击了吗？我们中华民族就强大到了无人敢挑衅、无人敢侵扰的地步了吗？不要忘了，我国还有贫困县、贫困乡、贫困村，还有许多需要救济的贫困人口，我们的幸福远还没达到"十全十美"。我们有吃有喝有穿有戴有钱花了，什么都可以不要，但民族的优良传统不能丢，民族精神不能丢，居安思危的古训不能丢。

站在宋辽古驿道，伫立在宋辽古道展览馆，当年古驿道上的匆匆脚步声、辚辚车马声，犹闻在耳，再看看这古村新貌，满脸都是幸福的村民，用什么样的语言文字，都不能表达我们心中的无限感慨。面对那位面相十分年轻，已荣休回乡，为建设家乡美丽乡村竭尽全力、成就卓越的王志国将军，本人作为一个老兵，谨用一首诗权作给他的致敬礼：

千里来寻古驿道，古道早已换新貌。

昔日离人荒凉地，今朝百花迎春笑。

花木兰的传说

邓秀军

花木兰是中国古代最著名的巾帼英雄，她替父从军、杀敌报国的故事也是一首悲壮的英雄史诗，感动了一代又一代中华儿女。唐高宗乾封元年，唐高宗携武则天泰山封禅归来，经过亳州，听闻花木兰的故事，曾追封木兰为"孝烈将军"。

"唧唧复唧唧，木兰当户织""刘大哥讲话理太偏，谁说女子不如男"，无论是中学课本里的北朝民歌《木兰辞》，还是豫剧《花木兰》，在中国的普及度都可以用家喻户晓来形容。随着好莱坞动画电影《花木兰》在全世界的上映，花木兰这个女英雄的名字已经如同丹麦的小美人鱼一样成为深受世界动画爱好者欢迎的可爱形象。

虽然花木兰的故事广为流传，但花木兰的姓氏、籍贯等，史书并无确切记载。因此关于木兰之乡这一文化品牌引起多方争夺，湖北黄陂、陕西延安、安徽亳州、河南商丘虞城都在公开宣称是木兰出生地，并积极开展木兰文化打造。但有历史考证的且最为公认的说法是，花木兰是北魏时期宋州（包括今天的安徽亳州和河南虞城地区）人。

二十世纪九十年代初，河南虞城率先开始尝试挖掘和开发木兰文化，宣传木兰精神，打响文化品牌，并在文化保护和弘扬中探求"文化兴县"之路。他们建起了木兰中学、木兰火车站、木兰宾馆、木兰巨型雕像。每年的四月初八还组织起了盛大的庙会来祭祀木兰。2007年，虞城被中国民间文艺家协会正式命名为"中国木兰之乡"，并成立"中国木兰文化研究中心"。

2008年6月，"木兰传说"被列入国家级非物质文化遗产名录。虞城积极把特色文化转变为经济发展的"引擎"，使过去的国家级贫困县成为"中国民营经济最具潜力县、最佳投资县""对外开放重点县""中原最具投资价值县"。流淌着木兰精神血脉的虞城大地，真正实现了文化与经济比翼齐飞！

与河南虞城相邻的安徽亳州同样也非常重视木兰之乡文化的打造，发掘了大量历史资料，打造了众多人文景观。同为北魏时的宋州辖区范围，虞城和亳州都在积极地发掘利用木兰文化。木兰这张文化名片，正被打造成区域旅游和文化产业发展的绿色引擎。

了解了木兰的出生地，那么木兰为什么从军，与谁交战，出征的战场又在何方？据相关资料，木兰从军的时代应该是北魏太武帝时期。北魏太武帝年间，花木兰替父从军，参加了北魏破柔然之战，且表现突出，但无人发现她是女子。战争结束后，朝廷欲授予她尚书郎的职位，但由于她思念自己的父母亲，被她婉言拒绝。

古道雄关十八盘

史料上对北魏太武帝破柔然之战有过详细记载。北魏始光元年(424年)八月，柔然可汗大檀(即牟汗纥升盖可汗)闻北魏明元帝拓跋嗣去世，率6万骑攻入北魏云中(今和林格尔西北)，杀掠吏民，攻陷故都盛乐，占据盛乐宫，重重包围赶来抵御的北魏太武帝拓跋焘及所部。后因大将于陟斤被北魏军射杀，方引军退去。次年十月，北魏大举征讨柔然，分兵五道并进，越大漠击之，柔然惊骇北逃。魏帝为彻底摆脱北面柔然与南朝刘宋两面夹击的威胁，并雪云中被围之耻，在大败赫连夏，克其都城统万(今陕西靖边东北白城子)后，决心集中力量打击柔然。

神麚二年(429年)四月，魏太武帝听从太常卿崔浩意见，命司徒长孙翰领兵由西道向大娥山，自率军由东道向黑山(今内蒙古巴林右旗北罕山)，越过大漠，合击柔然可汗庭(今蒙古国哈尔和林西北)。五月，魏帝领军至漠南(今蒙古高原大沙漠以南地区)，舍弃辎重，率轻骑兼马奔袭，直逼栗水(今翁金河)。柔然无备，临战震怖，民畜惊骇奔散。大檀忙焚穹庐，绝迹西遁。太武帝经历数战，奇袭千里，俘斩甚众。原附属柔然的高车诸部乘机倒戈，归附北魏。柔然诸部前后降魏者计30余万，魏军缴获戎马百余万匹，柔然从此一蹶不振。

魏太武帝行军路线是经内蒙古巴林右旗至今蒙古国境内，翻看中国地图，自木兰所在的亳州和虞城一带至巴林右旗画一条直线，滦平就在其直线之上。滦平之南，从河南到古北口，几乎是一路平原，道路通畅。

自古北口至巴林右旗，有穿越燕山的古北道相通。这条进军路线应该是最近的行军路线，而且当年滦平至巴林右旗一带大部分为奚境。快速行军，借道征伐，与"柔然无备"的记载十分契合。

再看《木兰辞》，"可汗大点兵"的场景与魏太武帝北伐柔然十分契合。"朝辞爷娘去，暮宿黄河边。不闻爷娘唤女声，但闻黄河流水鸣溅溅。朝辞黄河去，暮宿黑山头。不闻爷娘唤女声，但闻燕山胡骑鸣啾啾。"几句诗中，我们也可以看出，木兰先过黄河，再过燕山的行军路线与太武帝过巴林右旗征伐柔然的行军路线也十分吻合。

再从古代中国穿越燕山的道路交通情况分析。在中国古代，巍峨的燕山山脉是横亘于中原与北方游牧民族之间一道险峻的地理阻隔，北方游牧渔猎民族南下和中原王朝北进时，穿越燕山的通道主要有卢龙道、古北道、傍海道三条路线。这三条路线中，途经滦平的古北道是中原到巴林右旗之间最为通畅便捷的道路。今天我们众人熟知的宋辽古驿道，就是往返于今天的保定白沟一带与内蒙古巴林左旗之间的古代驿道。这也说明，应太武帝之召征伐柔然的女将军花木兰自古北道出，经滦平北进，是一条最佳的行军路线。

不仅如此，滦平本地的一些民间传说也可以佐证花木兰行军经过滦平留下过的一点痕迹。在滦平有一种常见的野菜名叫"木兰芽"，这种野菜是"栾树"嫩芽，传说它名字的来历就与花木兰有关。相传，木兰行军过古北口之后因为长途行军，只能用粮食果腹，士兵无蔬菜可食，食欲不振，体质下降。木兰在上山查看地形的时候采下这种野菜为战士食用，深受大家喜爱。人们为了感念木兰，都叫它"木兰芽"，因为接下来的行军多依滦水而行，山上亦多有此树，大家纷纷采集，留作军中食用，士兵们就把这种树叫作了"滦树"。

在豫剧《花木兰》的故事中记载，花木兰女扮男装替父从军假借的是兄弟花木隶的名字，因此"木兰芽"又被百姓称为"木力（隶）芽"。因年代久了，也有将"木兰芽"误传为"木了芽"的。而"滦树"则演变成了今天的"栾树"，也叫木栾树。也许正是因为花木兰曾经到过滦平的原因吧，在滦平一带，老百姓喜欢把"滦"和"栾"字发成"兰"

音，亲切地把这种树称为"木兰（栾）树"。

在普通话标准音采集地火斗山镇拉海沟中心小学旁边，当年古道边的小山上，至今还有传说中木兰行军时的烽火台遗址和木兰观望地形的平台。这座山上现在也还生长着许多的木栾树，每到春天，村民们还会采集木兰芽作为蔬菜。这种木兰芽，无论是凉拌还是做馅料都非常美味。

到了秋天，木栾树上结满一串串铃铛般的小果实，微风拂来，满树的小铃铛作响，非常可爱，所以老百姓又称木栾树为铃铛木。拉海沟一带栾树曾经非常多，今天还有一个小村庄因这种树得名，叫作铃铛木沟。如果你能够站在这里的小山上想象出当年满山遍野的铃铛木，就一定能够想象得出木兰带着将士们采摘木兰芽的动人场景了。

如此说，古老的滦平大地，不光行走过无数的帝王将相，那条著名的古代驿道也曾经留下过巾帼英雄花木兰的飒爽英姿。十八盘古驿道边那眼千年不竭的山泉也一定曾经洗去女将军一路的疲惫和征尘，映照过花木兰美丽而坚毅的容颜吧。

承德滦平不是传说中花木兰出生的地方，但确是传说中花木兰曾经过往的地方，应该能够借此与安徽亳州或是河南虞城结缘，共同推进木兰文化发掘和开发，让承德也能将"花木兰"这个已经被世界熟知的文化品牌转化为推动文化旅游业发展和百姓致富的美丽名片。

滦平有棵大槐树

邓秀军

　　河北滦平小兴州是与山西洪洞齐名的中国八大移民基地和十大寻根圣地之一。明朝初年，为有效防御退居草原的北元政权侵扰，燕山以北，今天的承德一带实施了最严厉的"空边政策"，经过洪武移民和永乐移军的两轮迁徙，山后居民全部被迁移到长城以南。就像山西洪洞一样，小兴州是当时山后移民的核心区和集散地。十几万的燕北居民，从这里出发，被迫迁移到今天的北京、天津，以及河北的保定、廊坊、沧州和衡水等地。

这一迁徙，一去就是 600 年的红尘烟雨，再无归期。"问君何处寄乡愁，古北口外小兴州"。短短的"小兴州"三字，记载着移民们世代传承的离乡之痛，今天的小兴州也因此成为与洪洞齐名的"十大寻根问祖地"之一。小兴州先民们百步回望的迁民之路，沿着古老的宋辽古驿道向南延伸。古道山关十八盘梁上的古老车辙，印下了他们对小兴州故土的无限留恋。王安石、苏颂等使辽名人无数次在诗中吟咏的思乡岭（十八盘古称），留下了他们对小兴州热土最后的凝望。

然而，经过漫长的历史变迁，近百年来，关于小兴州迁民的记忆，在一代代迁民后裔的口口相传中，逐渐与山西洪洞迁民混淆。许多小兴州后裔认为，小兴州在山西洪洞，甚至许多家谱中也赫然记载着"某氏者，原籍晋省洪洞小兴州……"然而山西的古地名中从来没有出现过小兴州的称呼，洪洞县也绝不会再下辖一个比它还要高的州一级行政单位！小兴州，这个遥远的记忆在中国的历史地图上更无处找寻它的影子。迁民们世代传承的祖地小兴州到底在何方，成为近百年来许多小兴州后裔难解的情结。

其实，关于根祖之地小兴州在何处的疑惑，早在清代中期就已经开始了。乾隆年间，关于小兴州的记载已出现许多模糊之处，任丘著名学者边连宝在许氏族谱中记载："许氏者原籍晋省之小兴州……"但在其所著的《征士李对镜公家传》中却又说："先世原古北口外小兴州，明洪武初迁任丘……"同一人笔下，同一个小兴州，却出现了截然不同的两种出处。

类似的尴尬在保定名门望族高阳庞口李氏家族的记忆中也同样存在。清乾隆九年（1744 年），庠生李溥在其所作的《李氏族谱跋》中曾写道："予家原口外小兴州，当洪武中以州常被□（寇）患，有诏，尽徙民入内地……居城东庞口里。"而在嘉庆十七年，李氏后裔李殿图的墓志铭中又写道："始祖讳平福者，于永乐间由山右迁高阳之庞口里"。山西古亦称山右，故李氏后裔多有认同祖上来自山西洪洞者。直到今天，大多数李氏家族成员还坚信自己的祖先来自山西洪洞小兴州村。

历史上真实的小兴州并不是一个村，更不在山西洪洞。据专家考证和《辞海》记载，小兴州是对元代口外宜兴州的民间称呼，其治所就在今天的"普通话之乡"河北省滦平县的大屯镇兴洲村。目前，金元时期的兴州古城城墙遗址尚在，已被列入省级文物保护单位。另据《钦定热河志》载："宜兴故城，在滦平县（今承德市滦河镇治所，清代滦平县县城）西北七十五里，金初，为兴化县白檀镇，泰和三年置宜兴县，属兴州。元初因之，致和元年升为宜兴州，以旧有兴州，故俗称此为小兴州。"通过查阅不同史料，我们都可以确知，今天的普通话之乡滦平就是在众多迁民后裔记忆中世代传承，但又不知其究竟在何处的寻根圣地——小兴州。

祖籍小兴州的中国近代著名边吏，光绪年间新疆布政使王树楠，曾经特意为"小兴州"做考。他在《小兴州考》中写道："余家世谱断自始迁之祖天禄公。明永乐初，自小兴州迁于保定之雄县东洋村。万历时，由东洋再迁新城东十五里邓家庄，绵衍至今三百年余矣。保定、河间二府大半居人皆自小兴州迁往者，然小兴州上往往加'洪洞'二字。余家世谱亦然。今遍考山西洪洞县实无小兴州地名，盖当时洪洞与小兴州人并迁直隶，而始迁之祖又鲜读书世家，故混载为一地，不复区别也。考诸前史志，小兴州在今承德府直古北口外九十里。汉为鲜卑，唐为奚，辽为利民县，属北安州，金亦为利民县，属兴州。元为兴安县，仍属兴州，故称此为小兴州以别之。"

  王树楠为小兴州做考，说明小兴州迁民后裔对祖先居住过的故土一直延续着炙热的情感，同样也说明当时民间对小兴州的确切方位已相当迷茫。王树楠学识广博，曾参与编撰《清史稿》《新疆图志》等一系列巨著，在社会上和学术界曾产生深远影响。他身居高位，掌握的信息资源更为丰富，而且其治学严谨，所生活年代又距小兴州移民年代较近，所考应不会有误。然而，十几万众的小兴州移民，经过数百年的开枝散叶和自然流动，分布渐广，人数众多，受当时信息传播途径所限，王树楠的考证并没有改变众多小兴州后裔对祖先来处的迷茫。直至今日，一些小兴州后裔还会到山西洪洞祭祖堂去拜谒先祖，甚至虔诚地询问洪洞县有没有小兴州村，而他们在并不了解真相的工作人员的口中也往往会得到十分肯定的回答。

  通过进一步考证，我们发现，有明一代，人们对小兴州的位置并没有争议，正像嘉靖名臣杨继盛临刑之前自著年谱中开篇所述："予家原口外小兴州人，国初，以州常被寇患，尽徙民入内地……"文中"口外"即指古北口外。明末著名思想家顾炎武亦曾在《古北口》一诗中写道："白发黄冠老道流，自言家世小兴州。一从移向山南住，吹角孤城二百秋。"清代康熙年间高阳庞口李氏的家谱与杨继盛所述之如出一辙，说明对始祖自"口外小兴州"迁来的记忆还非常清晰。然而在乾隆年后，人们的记忆逐渐模糊。究其原因，从明永乐元年（1409 年）到乾隆年间，经过了 300 多年的历史变迁。其间，政权更替、家族兴衰、自然灾害、战争动乱，特别是经历了清代"文字狱"的严重禁锢和《四库全书》编写过程中对前朝文字的清洗，使有关小兴州记忆的志书、家谱等文字资料消失殆尽。民间关于小兴州的历史记忆，剩下的几乎只是口口相传几近模糊的零星信息了。

  由于小兴州移民是"尽徙其民"，与洪洞的"四口之家留一，六口之家留二，八口之家留三"的移民方式不同，移民之后，小兴州故地再无亲人的守望和呼唤。经历了数次地名的变更之后，在新的行政区划中也再找不到口外宜兴州的影子，加之清朝对明代官方志书的禁毁和民间家谱遗失，"小兴州"三个字在迁民的记忆中逐渐演变成梦一样的乡愁，既挥之不去，又情无所依。

"老乡见老乡，两眼泪汪汪。"中国人是极重乡情的，尤其在旧时的农耕文化中，来自老乡的关照往往成为人们生活中不可或缺的依靠。因为与洪洞移民年代相同，又多有杂居，在经历了漫长的迷茫之后，在山西洪洞移民关于"老槐树下移民尽出洪洞""老鹳窝下移民来自洪洞""小脚趾趾甲分瓣就是洪洞移民后裔"等极具张力的民间传说的影响下，以普通农民为主体的小兴州后裔逐渐把对故土怀念的朴素情感，归依在了与小兴州原本毫不相干的山西洪洞。在许多家族的口口相传中，本已模糊的小兴州便逐渐演变成了洪洞县的一个村落，在之后的新修家谱中写下"祖先来自山西洪洞小兴州"的类似记载也就不足为怪了。

其实，就像小脚趾趾甲分瓣的人未必一定是祖籍洪洞一样，先祖记忆中来自大槐树下的移民也未必均出自洪洞。当年小兴州也有大槐树。兴州河畔的大槐树上同样应该是有老鹳窝的。在人们对祖地追思的幽幽思绪中，祖先故园的大槐树也同样会是他们魂牵梦绕的寄托和牵挂。与洪洞第一代大槐树消失，第二代大槐树死亡，只有第三代大槐树在祭祖园中凝聚着故土的守望不同，在当年的小兴州治所，今天的滦平县兴洲村，见证过迁民往事的大槐树们，在经历了明、清两代数百年的风云变幻之后，仍有一棵古槐枝繁叶茂地生长在这方古老的土地。

这棵古老的槐树位于兴洲村一韩姓村民门前，高十几米，树冠占地约 50 平方米，胸径约 130 厘米。据韩姓村民介绍，现在我们所看到的树干并不是它的完整部分，在地面下近两米深才是它真正的根部。因为整修道路和防止树洞进水腐烂，村民们将其地面抬高了将近两米。据村民们讲，在树干下半部分被掩埋之前，那里的树洞是可以走过去一个人的。

古语说"千年松，万年柏，比不上老槐拐一拐"，经测算，这棵古槐树龄至少超过六百年。六百多年的沧桑巨变，当年的金戈铁马的元代宜兴州已经早已成为历史的过往，但这棵古树连同古老的城墙一样，依然倔强地挺立在迁民们曾经无数次回望和梦想的土地。六百多年的繁衍生息，现在的小兴州后裔早已开枝散叶，遍及海内外，尽管很多人还对"小兴州"在何方有所疑惑，但是"小兴州"三个字所承载的绵延不断的乡情，每年都会把许多满怀寻根情结的迁民后裔吸引到这片曾经令先祖们魂牵梦绕的故土。

今天，就像许多人会到十八盘古道怀亲思远一样，许多来到小兴州寻根问祖的人都会慕名来到这棵古老的槐树旁，深情地看看它繁茂的枝叶，热情地抱一抱它粗壮的树干……这棵历经沧桑的古槐，树冠偏向南方，密实的树枝像手指一样努力地伸展着，仿佛在期待着当年成千上万的兴州迁民归来的信息。在这棵古槐东侧十几米处，还有另一棵树龄稍短的槐树，同样枝繁叶茂地生长着，映衬着整齐的庭院和错落有致的碧瓦白墙，显得格外苍劲和美丽。

老龙背上九龙柏

邓兰心

在火斗山镇拉海沟村和边营村之间，横亘着一座雄伟的山岭，岭上的山脊线蜿蜒入云，犹如一条巨龙腾空而起，当地人称为老龙背。老龙背东南方拉海沟村一侧，是一道绵延几千米的峭壁悬崖，绝巘百丈，刀切斧劈，人不敢近前；西北方边营一侧是几平方公里的茂密林海，松涛阵阵，绿波滚滚，松声鸟鸣不绝于耳。在临近边营村东沟自然村的绿海中，一座叫柏树梁的山崖犹如一座美丽的仙岛崛起在碧波之上。千年古树九龙柏就位于柏树梁的崖顶上，像一位饱经沧桑的老人，俯视着脚下的茫茫林海。

这棵九龙柏胸围 2.5 米，高两丈有余，主干上九条粗壮的枝干盘旋而上，犹如九条巨龙拔地而起，撑起一座巨大的伞盖护卫着寸草不生的石壁。脚下，九龙柏几条巨大的根脉紧紧地咬合在山崖的石隙当中，千扭百曲的遒劲诉说着历史的沧桑与厚重。来到树下考察的林业专家和游人，无不被其顽强的生命力所折服。据专家介绍，燕山崖柏较太行崖柏每年的生长期更短，生长环境更为恶劣，年轮细如发丝，这棵胸径超过 80 厘米的九龙柏，年龄至少两千年以上，可以称得上是燕山第一古崖柏。关于这座小山，这棵千年古柏，还有很多耐人寻味的历史传说和感人故事。

古道雄关十八盘

汉代，滦平境内置白檀县，归属渔阳郡管辖。柏树梁脚下的小路南接古北口，北至十八盘，是渔阳郡通往白檀县城的重要通道。史书记载，汉代"飞将军"李广在弥节白檀途中，曾经登临这座山峰瞭望前路。在山顶上，李将军看到了这棵柏树顽强地生长在不见寸土的石缝当中，深为感动，唯恐手下军士鲁莽伤及它，于是拔下雕翎羽箭射入柏树旁边的山崖之中，道："伤及此柏者犹如此石！"下令不得折毁这棵柏树。李广将军射石护柏的故事在当时的百姓中广为流传，人们敬畏李广将军神勇，将这座小山称为柏树梁，纷纷互相转告，任谁砍柴打猎，不许伤及山上这棵柏树。两千多年来，老龙背的千顷密林不知经历了几多更替，只有这棵古柏阅尽千年霜刀雪剑，屹立不倒，生机盎然。

辽代，滦平是上京（今内蒙古巴林左旗）通往南京（今北京）的必经之地。老龙背两侧是宋辽古驿路的重要组成部分，可谓"南侧行车马，北侧走行人"。澶渊之盟后一百多年间，宋辽使节往来不绝，历史名人王安石、包拯，文学泰斗欧阳修、苏辙，科学巨匠沈括、苏颂都曾在老龙背两侧的古驿路上留下深深足迹。相传包拯在出使契丹归途中曾在柏树梁脚下经过，看到山崖上这棵苍翠的古柏，听到李广插箭护柏的故事，忘却了旅途的疲惫，登上山梁在九龙柏下驻足观看，被九龙柏坚强不屈的精神所震撼，对眼前的一片大好河山叹息不已。

传说未必是真实的历史，但历史上真的有过抗日英雄登上这座小山，驻留在古柏之下筹谋杀敌报国的大事。抗日战争期间，老龙背南侧悬崖之下，横贯东西的锦古铁路是日本侵略者连接东北和华北的重要交通动脉。在这条铁路上，日本侵略者将掠夺自中国人民的财富源源不断地运送到华北战场上，作为进一步侵略中国的物资。为了破坏敌人的运输通道，1941年，华北人民抗日联军副司令员白乙化领导下的八路军挺进军独立大队，在大队长袁水的带领下，从五道营子乡方向经安纯沟门乡来到老龙背密林中潜伏，等待战机，奇袭日军火斗山火车站。在潜伏过程中，战士们多次登上这座柏树梁，在古柏的掩护下瞭望地形，设计奇袭方案。最后成功完成了奇袭火斗山火车站的任务，有力地打击了日本鬼子的嚣张气焰，破坏了鬼子的运输能力。这棵李广将军护佑下长成的参天巨柏，在抵抗外族侵略的战斗中，为英勇的抗日先烈，树立起了一座不朽的丰碑。

古老的柏树见证着人间的冷暖，英雄们杀敌卫国的故事感染着后人。今天，老龙背上的这棵九龙柏，依然枝叶茂密，高耸入云，用顽强的身姿展示着生命的伟岸，并时刻警醒着后人，只有不失顽强的信念，才能拥有生命的尊严。

曾为驿道古柏题诗的红杏尚书宋祁

袁舒森

检《续资治通鉴长编》卷一一九，景祐三年（1036 年）八月丙辰："左正言、知制诰、史馆修撰宋祁为契丹生辰使，礼宾副使王世文副之。"

宋祁（998—1061 年），字子京，小字选郎，他祖籍安州安陆（今湖北省安陆市）。

很多人不甚了解宋祁。但他在《宋史》中却占据显赫位置。周武王所封的宋国君主微子是宋祁的祖先；晚唐昭宗时，御史中丞宋绅是宋祁高祖。宋祁不仅仅出身于官宦世家，更是著名文学家、史学家、词人。宋祁的功名完全是个人刻苦努力的结果，和"世荫入仕"没有一毛钱关系。

宋祁十岁能诗，风流俊雅，博学能文，天资聪颖，是个才华横溢的人。北宋天圣二年（1024 年），宋祁和哥哥宋庠参加科考爆出了大新闻：同举进士。哥俩同时考中，殿试时弟弟考了状元，哥哥为探花。

张榜时后续新闻也很有趣：礼部本拟定宋祁第一，宋庠第三，但是仁宗母亲章献太后刘娥觉得从三纲五常角度，弟弟不能排在哥哥的前面，于是定宋庠为头名状元，而把宋祁放在了第十位，世人以大小区别称"二宋"，有"双状元"美名。二人少年得志，河南老家为他们建塔以示纪念。"状元双塔"坐落在今河南省民权县双塔乡双塔集村。

宋祁开始做复州军事推官，后经孙奭 (shì) 推荐升任大理寺丞、国子监直讲。殿试之后授予直史馆，再升任太常博士，同知礼仪院。又升迁为尚书工部员外郎，修撰《起居注》。

宝元二年 (1039 年)，在西北边境战事、财政都吃紧的情况下，宋祁写下了关于"三冗三费"（三冗即冗官、冗兵、冗僧；三费是道场斋醮、多建寺观、靡费公用）的上疏，直言朝廷应该精兵简政，节约财政。在皇祐年间，他连续上书直陈巩固边防的策略，著《御戎论》七篇。论河北军备等，在当时诸家改革意见中较为重要。

宋祁才思敏捷、诗词语言工丽，是北宋现存赋最多的作家，在政治上也颇有建树，但也难免沾染上当时北宋官场贪图娱乐、生活奢华、风流浪漫的陋习。宋祁与同时代的张先一样，是追求奢华享受、主张及时行乐的风流才子。真宗、仁宗的所谓太平盛世，政府抑制军政方面的冒险也鼓励生活方面的放开。

宋祁喜欢游乐，且"后庭曳绮罗者甚众"，也就是养了无数的婢妾声妓。他及时行乐、要玩到底的生活态度，让同时代的大玩家张先都不能匹敌。陆游的《老学庵笔记》记载，宋祁好客，经常在府邸广厦中开流水席，"外设重幕，内列宝炬，歌舞相继"。宾客们从早到晚，在里面饮酒歌舞。偶有醉鬼揭开幕布，惊讶不已：天都亮了！因此宋祁府邸外号"不晓天"。宋祁生活的北宋时代天下太平，繁荣富足，经得起风流才子们尽情寻欢作乐。

有一天，宋祁宴罢回府，路过繁台街，正巧迎面遇上皇家的车队，宋祁连忙让到一边。这时只听车内有人轻轻叫了一声："小宋。"待宋祁抬头看时，只看见车帘轻放，一个妙龄宫妃对他俏笑。车队过去了，而美人一笑却令宋祁心旌摇荡，久久不能平静。回去后，宋祁便写了一首《鹧鸪天》（词为："画毂雕鞍狭路逢。一声肠断绣帘中。身无彩凤双飞翼，心有灵犀一点通。金作屋，玉为笼。车如流水马游龙。刘郎已恨蓬山远，更隔蓬山几万重。"），记述这段如梦如幻的艳遇，表达自己不得再见美人的怅然思念之情。这首小词直白简洁，流畅明快，立刻走红。

词中"身无彩凤双飞翼，心有灵犀一点通"一句，活化了唐朝诗人李商隐的诗句，却与词意境浑然一体。"车如流水马游龙"改编自李煜的《望江南》。新词一出，连同创作故事，立刻在京师传唱，竟传进了仁宗赵祯的耳朵里。赵祯详细追问，那个宫妃勇敢地站出来，承认对宋祁有意。不久就召宋祁上殿，提起这件事，宋祁诚惶诚恐，这勾搭皇帝女人的风流韵事足以杀头。仁宗却笑着打趣说："蓬山并不远呀！"说完就把那个宫妃赏赐给了他。后世评论宋仁宗是少有的宽宏仁厚的皇帝，不管你信不信，我是真信。宋祁不仅官运顺畅，而且因佳词而得一段美好姻缘，令时人艳羡不已。直到清朝王士禛还无限感慨："小宋何幸得此奇遇，令人妒煞！"用现在的话说：小宋的桃花运，真让人羡慕嫉妒恨！

宋祁的词作虽不多，但词风疏俊、言辞工致、描写生动，亦具特色。最著名的是《玉楼春》："东城渐觉风光好，縠皱波纹迎客棹。绿杨烟外晓寒轻，红杏枝头春意闹。浮生长恨欢娱少，肯爱千金轻一笑。为君持酒劝斜阳，且向花间留晚照。"这首词上阕写景，"绿杨烟外晓寒轻，红杏枝头春意闹"，春光明媚如画、生机勃勃；下阕抒情，"浮生长恨欢娱少，肯爱千金轻一笑"一句，直抒胸臆，表达及时行乐的情趣。这首词的写作背景不详，但我仍愿意把此处的"君"理解成陪宋祁郊游玩乐的美女，原因是宋祁风流倜傥，一生香艳潇洒，那么"红杏枝头春意闹"不是只写了春日杏花的欢欣景色，更是记录了宋尚书与某美眉饮酒调情且流连忘返的场景。也许他当时的诗友同僚读完《玉楼春》后，都要会心一笑。

国学大师王国维《人间词话》中写道："红杏枝头春意闹，着一'闹'字，而境界全出。"唐圭璋《唐宋词简释》中写道："此首随意落墨，风流闲雅。绿杨红杏，相映成趣。而'闹'字尤能撮出花繁之神，宜其擅名千古也。下片一气贯注，亦是动人轻财寻乐之意。"宋祁因词中"红杏枝头春意闹"一句而名扬词坛，博得"红杏尚书"美名，风光无限。

景祐三年（1036 年）金秋时节，时年 39 岁年富力强的宋祁在官场也一直春风得意，奉宋仁宗旨意为契丹生辰使出使大辽。出虎北口驿馆，进入辽属奚境，枫红菊黄秋色正好。

身为汉人的辽接伴使建议宋祁走便道，不仅可以少走五六里路程，还可以欣赏汉将军李广命名的"九龙古柏"。这建议正符合宋祁喜欢游乐的心思，于是命礼宾副使王世文带领车仗卫队沿潮里河车马古道继续前行。宋祁和接伴使骑马涉潮里河向现在的大东沟方向北行，这条驿道是史料所载穿越燕山的十八条兔径鸟道之一，只能单人匹马骑行或商贾牵骡马驮行。

两侧峰峦叠嶂、层林尽染、怪石嶙峋、山路崎岖，寂静的山林偶尔传来几声清脆的鸟鸣、染满苔绿的小溪上漂浮着几片残红，四周景色幽美异常，空气中飘荡着松脂柏油特有的清香。

接伴使介绍翻过前面的山谷就快到摘星岭了，右面山崖上傲然挺立的就是"九龙古柏"。山崖并不很高，只是这条路避开了驿道中顿，宋祁感觉有些饥渴。善解人意的接伴使从马鞍前解下马镫壶，又从褡裢里取出油纸包着的烤肉干，请生辰使宋祁"午尖"。马镫壶里是适合宋人口味的米酒，一场契丹风格的野餐过后，宋祁和接伴使徒步登上了山巅。但见千年古柏扎根于贫瘠的悬崖峭壁之上，不惧风霜雷电，

古道雄关十八盘

把九条枝杈虬曲成九条苍劲的巨龙傲视苍穹、鸟瞰天下。

接伴使讲了一个民间传说。千年前汉将军李广击匈奴，途经此地，见此柏树生于崖缝而生机盎然，堪称奇观，为警示将士勿砍伐此古树生火造饭，弯弓射石留令："毁树者当如此石，杀无赦！"宋祁无法考证接伴使所言传说的真伪，却在生满石花苔藓的巨石上发现了疑似箭孔的石洞。满腹经纶的"红杏尚书"宋祁登高望远，只见天朗地阔，金风飒飒、落叶萧萧，思汉想宋感慨万千，当即写下《柏树》一诗：

> 昔托孤根百仞溪，何年移植对芳蹊。
>
> 云岩烈麝相思久，怅望清香未满脐。

宋祁诗句多用绮丽深奥的典故，比较难懂，但这首诗较为平实。前两句写实，推测不知年的古柏来路；后两句抒情，话锋陡转借"麝"说事：似乎在委婉表示对丧失国土的思念，怅然于收复失地的时机尚未成熟。收复幽云十六州北方失地，是整个宋代义人墨客的终极理想和信念。

使辽后不久，宋祁升迁为天章阁侍制，判太常礼院，至国子监。宋祁热衷诗酒歌舞，与老师晏殊"气味相投"。因此，晏殊对这个得意门生，曾经非常引以为豪，"雅欲旦夕相见"，还将府邸买在一起。但后来，当晏殊罢相时，宋祁替皇帝制作诏书，颇多贬义之词，说他"广营产以殖赀，多役兵而规利"，并在大庭广众之下朗声宣读，差点将晏殊气晕过去。一段师生佳话也到此结束。众人虽然也是目瞪口呆，但都认为：宋祁只不过是例行公事而已！后来宋祁确实也为晏殊开脱了不少。

庆历元年（1040 年），因其兄宋庠与宰相吕夷简不合被罢相之事，被贬为寿州知府（今安徽省凤台县），后至陈州（今河南淮阳县）。

在任河南地方官的时候，宋祁留给我们的也不全是美谈，其也有

"书呆子"的一面，闹出了不少笑话。

宋祁在开封做市长，他深入农村，去搞"两同一看"，就是与农民"同吃同住""看农民劳动"。他深深觉得，农民确实是劳作艰难。他看到农民种麦子，挖土耕地特别辛苦，效率比较低。在宋祁看来，整块土地翻耕播种，不如改用长锥刺地下种。然而凿孔种麦一天到晚也种不了一亩，凿种不仅效率低下，而且产量低。因为种麦挖土的目的是松土，给麦子根系生长提供一个"宽松"的环境，面对板结的土地，麦子根系钻不进土里，吸取不了土壤养分，必然不会有好收成。

有一年开封遇上了蝗灾，满目疮痍，情形凄惨。宋祁身为地方官，看到这番景象十分痛心。如何除蝗害，兴利除弊呢？宋祁想了一个理论上相当好的办法，就是不再让农民种稻种麦，改养鸡鸭，把种植业调整为养殖业。宋祁的理想设计是，鸡可捉虫，因此可以除蝗虫之害；鸡价格比粮食高，农民可以快速致富。于是宋祁用宣传开路，"不唯去蝗之害，兼得畜鸡之利"；措施随之，"克期令民悉呈所畜"，大搞养鸡业，逼民致富。宋祁所用的措施与现在某些地方执政者差不多。一是"克期"，限期完成；二是"悉呈所畜"，家家户户都得搞，各级政府都有指标，估计也层层立了军令状；三是"政绩明显，群鸡既集"，走到每个县、乡、村，所见都是群群鸡飞，所闻都是声声鸡叫，也是胜景。可宋祁的"拍脑门"工程，根本没有考虑鸡吃蝗虫以外的环境问题、饲料问题和粮食问题，结果必然是劳民伤财。隔了数百年的明朝的冯梦龙，看到宋祁这个故事，依然笑个不止，说宋祁最好不要当市长，当公鸡大总管得了。

宋祁搞"凿孔"种麦，搞"养鸡灭蝗"，主观意图都是好的。而且千百年来，统治者都只知道收粮收税，没谁管百姓种植养殖，宋祁却在思考农民的生产方式问题，探索经济结构调整路径，摸石头过河，这值得赞颂；只是宋祁那会儿，考公务员考的都是社会科学，几乎没有一丁点儿自然科学，让他来当官，判些案子、催收粮税，倒也差强人意，叫他来传授科学种田，走经济结构调整与生态环境保护可持续发展的路子，却是强人所难。由此而言，我不觉得宋祁是天下笑话，倒更像是千年悲剧。

庆历三年（1043年），宋祁回到了朝廷，担任龙图阁学士、史馆修撰，欧阳修推荐宋祁参与编修《新唐书》，宋祁奉皇帝的诏令同欧阳修合修《新唐书》，欧阳修任总编，宋祁做副总编，那可是个大活儿，是国家超级重点工程，《新唐书》150卷列传，前后历时17年。宋祁编写史书非常尽职尽责，但同时宋祁也喜欢卖弄学问，"有好奇之癖、诘屈聱牙之句""雕琢劖削，务为艰涩"。宋祁比欧阳修年长且资历老，欧阳修不好直接给宋祁提意见。欧阳修故意写了"宵寐非祯，札闼洪休"几个字给宋祁贴门上。宋祁笑道："不就是'夜梦不祥，题门大吉'的意思吗？"欧阳修哈哈大笑道："老弟我这不是跟您学的，显示自己颇有学问吗？可这样写，有几个人能看懂呢？"宋祁惭愧而退，从此一改文风，对欧阳修十分钦佩。

修史期间的宋祁，有数次职务变动，他"出入内外"都把稿件随身携带，工作非常认真。

当仁宗赵祯准备派宋祁到四川任太守时，就有许多人反对："蜀风奢侈，祁喜游宴，恐非所宜。"但仁宗赵祯欣赏宋祁的才情，还是批他上任。宋祁工作态度认真，但爱好奢华宴乐的毛病一直没改。他在任成都一把手时每晚还开门垂帘燃烛工作到深夜。不过，他在家里的加班工作也是比较奢华的：在两柱巨大的灯烛下，侍女丫鬟环绕身边，帮他和墨抻纸，远近都知道是尚书在编修《新唐书》，看上去像神仙一般。

有一天，成都城中飘起了非常大的雪花，宋祁叫人添加帘布、点燃巨大的火烛，烧起大盆的炭火，姬妾们纷纷环绕左右侍候，宋祁磨墨濡毫，将纸张展开，静静地书写唐朝某人的沉浮功过。写了很久，有点累了，他停下笔，环顾身边的美人，问："你们以前大都曾在其他人家待过，可曾见过哪位主人有我如此刻苦用功的？"很多女士都说没有见过主人这么用功的。其中有一位来自皇室宗族的，宋祁问她："你家的那位太尉遇此天气，是如何打发时间的呢？"美姬答道："他呀，只不过是烤火喝酒，叫人家唱歌跳舞，中间再穿插点杂剧，直到喝得大醉为止，哪里比得上尚书您这般有事业心。"宋祁听了，搁笔大笑说："这样也是很安逸的啊！"马上叫人拿走砚台纸笔，摆上菜肴美酒，和姬妾们喝酒唱曲，快活到天亮。

《东轩笔录》说，宋祁曾在成都锦江宴饮，偶尔觉得微寒，命仆人回家取一"半臂"（大概马甲、坎肩之类），姬妾们为了邀宠，每人拿出一件，仆人竟带给宋祁几十件"半臂"。宋祁望着这一堆"半臂"，茫然无措，大有贾宝玉的痛苦："唉，林妹妹的最好，但宝姐姐的也不错，晴雯也得罪不起，袭人最是贴心……"思来想去，总是担心厚此薄彼，一件也不敢穿，咬着牙，忍着寒冷，哆嗦着回家去了。看来"聚三千宠爱于一身"，也不见得就是件好事呀！

宋祁发现天府之国的确是富饶，市井之中热闹非凡，官员家里歌舞升平，他感觉如鱼得水。他不但带头吃喝玩乐，还开发了诸多新菜肴，并创设了很多新项目，将成都的文化旅游业推上了全新的高度。从张咏开始，经宋祁，形成了历届成都的一把手都带头搞文化旅游的格局。苏轼在他的《次韵刘景文次元寒食同游西湖》一诗的自注中说："成都太守，自正月二日出游，谓之邀头，至四月十九日浣花乃止。"每年新年开始，领导们就带领百姓开玩，一玩就是四个半月。

古道雄关十八盘

可如果说宋祁只是一味贪玩无所事事也是冤枉他了。在吟诗、唱词、品茶之余，他以一个知识分子的眼光和趣味，遍访民间进行实地考察，记录四川诸多物产，写了一本极有历史价值的《益部方物略记》。从书里，我们不仅可以了解到金丝猴、盘羊、桐、柜、红豆树等动植物，还可以了解到当时四川的烹饪业发展传承。他很认真地对待烹饪原料，蔬果类、水产类、调料类等，分别仔细描述它们的产地、生长形态，记录了口味特征和当时的烹调方法。《益部方物略记》是第一本系统而形象地介绍四川特产的书，川菜能够成为"八大菜系之一"，走红全国，估计也有宋祁推波助澜的功劳。

"小宋"的这种纵酒买醉、优游歌舞、奢华风流的生活做派，遭到诸多世人的不满。哥哥"大宋"就曾批评过他。宋庠沉稳内敛，即使身居宰相，也依然勤奋简朴，毫不张扬。《钱氏私志》记载，上元夜，宋庠在书院点蜡，独自苦读《周易》；而宋祁则"点华灯拥歌伎醉饮"。翌日，宋庠特手书一封，令家人转交宋祁，谴责云："相公寄语学士：闻昨夜烧灯夜宴，穷极奢侈，不知记得某年上元同在某州州学内吃斋饭时否？"宋祁见了，不以为耻，嬉笑几声，回复曰："却须寄语相公，不知某年吃斋饭，是为甚底？""大宋"的忆苦思甜教育被"小宋"的嬉皮笑脸给搅黄了。

宋祁歌赋诗词的成就，都在哥哥宋庠之上，但世人对宋庠的评价更高，《宋史》说："庠明练故实，文藻虽不逮祁，孤风雅操，过祁远矣。"这是当时的公论。尽管性格、爱好、才情大不相同，但"大宋"和"小宋"终生兄弟情深，相互关爱，《宋史》赞曰："宋之友爱，有宋以来不多见也，呜呼贤哉！"

嘉祐四年（1059 年），宋祁从益州回京后被授予三司使，后因御史中丞包拯等上书说其兄宋庠任宰相，宋祁不宜任三司使，没能上任。

宋祁十分郁闷、怅然。宋祁负气作了一首诗，有"梁园赋罢相如至，宣室厘残贾谊归"之句，意思是自己完全有宰相之才，可惜未得重用。因此，京城里传出一首民谣："拨队为参政，成群作副枢。亏他包省主，闷杀宋尚书。"之后仁宗皇帝怜宋祁才华，加封他为龙图阁学士。

嘉祐五年 (1060 年)，《新唐书》修撰完毕，宋祁被升为左丞、工部尚书。

嘉祐六年 (1061 年)，包拯改任枢密院副使，仁宗赵祯再以"翰林承旨"的名义，将宋祁调到身边，复任群牧使。宋祁眼看极有可能升为宰相，却没多久就去世了。去世后谥号景文。

宋祁一生因为仁宗宠爱，情场得意，官场也几无波折。他自诩风流富贵，自负多才，却曾遭一个老农的训斥，不知如何应对。

某年初冬，宋祁郊游看到一片喜获丰收、祥和忙碌的景象，便有几分为自己治理得当沾沾自喜。恰巧一鹤发老农经过，宋祁行礼招呼道："老人家辛苦啊！今年收成不错。"他又开玩笑道："您老说说看，这是因为上天的恩赐呢，还是因为皇帝勤政所致的呢？"

不料老农哈哈大笑指着宋祁的鼻子说："你的见识太浅薄，根本就不懂农事！"接着大声凛然道："今日收获是我辛勤劳作所得，关上天屁事！我按时耕作，按时收获，再按价出售，与人明明白白谈利，官吏不能夺取我的时间，也不能强征我的余利。今天的丰收快乐，是我应该享受的，关皇帝屁事！我这般年纪，经历了许多事情，但从未见过不劳作而盼天幸、不勤勉而希皇恩的人！"

说罢扬长而去，只留下呆立的宋祁和傻乎乎的下属们。无法想象尚书大人碰了一介老农的大钉子，被噎得说不出话来。大家只能装傻充愣，装作什么都没听见。宋祁的脸涨得通红，但他没有生气，也没有争辩。他回家后亲笔写了一篇《录田父语》，真实地记录了老农粗鄙而有理的言论，也记录了自己当时的狼狈情形。

宋祁临终前自己撰写了墓志铭，并亲自撰就一"遗戒"，叫儿子们照他的话去做，这"遗戒"是宋祁对其一生奢华无忌最深刻的反省。

"遗戒"中，宋祁交代了自己的后事："三日殓，三日葬，慎无为流俗阴阳拘忌也。"叫儿子们丧事从简，不要被当时风俗所左右，也不必请阴阳先生看风水。并且告诫儿子，下葬用一口简陋的棺木，只要让遗体能保一段时间即可。这在当时，应该说是一种相当达观的思想观念。在"遗戒"的后半部分，他又具体交代了其他方面的事宜："吾学不名家（意思是学问尚未成为一家），文章仅及中人，不足垂后（意思是所作文章非常一般，不值得传诸后世）。为吏在粮二千石下，勿请谥，勿受赠。"甚至连"冢上植五株柏，坟高三尺，石翁仲（旧时守坟的石人）、他兽不得用"都交代得一清二楚。他还怕儿子们不照自己的话去做，在"遗戒"最后特意嘱咐："若等不可违命。"

从这份"遗戒"中，可以清楚地看到，宋祁叫儿子不要追逐名利，不要随世俗行事，也不要追求奢华，要收敛性情，崇尚节俭，表现了宋祁能够反思一生的高尚思想情操。宋祁的"遗戒"，实在是家教的好范例。

这是综合了许多历史资料，最真实的宋祁，有血有肉的宋祁：才华横溢但奢侈享乐；忧民疾苦又主观官僚；风流浪漫却初心质朴。如果一定要用好坏"二元论"评价历史人物，那宋祁是一个有故事、有内涵、有点小错误的大好人。历史人物总不会超越所处的时代背景，局限性不影响其在历史中的积极作用，这就是我们常说的"瑕不掩瑜"。宋祁的一生是美玉般精致的。

在滦平寻找和康熙有关的"舍里乌朱"

袁舒森

《大清圣祖仁皇帝实录》中，记载了康熙皇帝北巡较为具体的行程，书中数次提到"舍里乌朱"这一地名。

"舍里乌朱"在当时滦平境内毫无疑问是一个地标名称。蒙语"舍里"是"泉"，"乌朱"是"第一"的意思，合在一起意译为"塞外第一泉"。

"舍里乌朱"具体地点史料没有详尽的描述。随着避暑山庄的肇造，"巴克什营—两间房—长山峪—付营子—陈栅子—滦河"这条"南线"御道开通，"巴克什营—火斗山—平坊—滦平""北线"中的这一地标性名称，在历史中逐渐"走丢"了。

当年，康熙皇帝往返古北口至恩格木噶山（今鞍匠屯西山）的北巡途中，多次驻跸"舍里乌朱"。说明"舍里乌朱"应该在古北口提督署（今古北口河西村是康熙皇帝在古北口驻跸的地方）至鞍匠屯驿馆（鞍匠屯后街宫堆子遗址，也是康熙皇帝驻跸的地方），古道"中间偏北"的位置比较合理。为什么说"中间偏北"呢？因为这条古道南半部都是平坦的河川，北半部有著名的"十八盘古道"，山路走起来费时费力。按里程计算这条旧路的中间位置基本是常海沟门附近（高德地图显示354省道古北口到常海沟门22公里，常海沟门至滦平21公里。值得注意的是古道北半部和354省道不重合，古道不走要子沟梁，绕十八盘后，不走偏岭梁，绕走黄木沟至庄头营），中间偏北应该是大店子或者拉海沟附近。

　　寻找历史上的"舍里乌朱"，不能不提"潮里河"。"舍里乌朱——塞外第一泉"，应该是潮里河的源头或流域里最大的一眼泉，要不然如何称第一呢？一些资料认为"潮里河"是潮河的别称，我认为这是一种误解。北宋沈括在《熙宁使虏图抄》中有详细记载：虎北口馆（今密云古北口）至新馆（今滦平平坊）"东北行，数涉潮里"。按河流走向和方位不难看出，潮里河就是现在这条发源于拉海沟，在巴克什营注入潮河的季节性支流。史料有"潮里之水，贯泻清冽"的描述，按当时的环境水文分析，潮里河那时也不是季节性河流，应该是水量充沛水质较好的河流，不然也不会有"清水湾""钓鱼台"等传统地名沿用至今。众所周知，北宋沈括不仅仅是政治家，更是一位科学家，他的描述应该是十分严谨可信的。据当地百姓回忆当年这条曾经被称作潮里河的河流在拉海沟碧霞宫古庙遗址前有两条主要水流交汇。一条较长的发源于刘营村苇塘沟，自刘营至拉海沟段除汛期有水外，一年中大部分时间断流；另一条较短的发源于拉海沟村德胜岭自然村北十八盘梁南侧梁根古道旁的一眼山泉，二十世纪九十年代前，这段河流与宋辽古驿道驿路并行，四季有水，源头的山泉被老百姓称为"海眼"，无论多干旱都水流不竭，泉水至今犹在。

　　"南线"御路未开启之前，康熙皇帝由"北线"北巡驻跸滦平的所有地方，除了兴洲（兴州）和小营（蓝旗营）有由皇粮庄头府邸扩建的行宫除外，其余或者是驿馆，或者是府衙汛地（汛是清的兵制，各镇绿营兵按标、协、营、汛编制。每汛数人至数十人不等，由千总、把总统带，驻防、巡逻的地区称"汛地"），再者就是旗人庄头府邸。大清康熙年间，在火斗山附近只有原居古北口的满族正黄旗马氏兄弟二人，受恩赏"占圈地"，在此占田立庄。粮庄把头马氏兄弟乳名拉海、常海（当时尊称拉海爷、常海爷），兄弟二人各占一条沟，所占地盘均以乳名命名——拉海沟、常海沟。

综合分析即是：康熙皇帝驻跸的"舍里乌朱"，应该是在当时已经能够满足一定供给的庄户村落，在古道旁边，附近有一个较大的泉，而且有驿馆、汛地或庄头府邸之类的下榻之所。基本具备这些条件的只有马氏常海爷庄头宅院、大店子汛地和马氏拉海爷庄头宅院三处，这三处我们可以用排除法逐一排除。

马氏常海爷庄头宅院究竟在哪儿？我们在常海沟门走访一些当地老者。他们反映：康熙年间张氏十二世祖由山东武定府乐陵县张各庄逃荒至此落户，后有纪氏迁来定居，开荒和租种庄地为生，两姓皆为汉族，满族马氏从未在此居住。真正的常海沟是指今天常海沟门村东侧的井上村这条沟域，马氏后人都居住在常海沟里，即今天的井上下营附近的马家（小地名），虽然常海爷的庄头府邸已经没有遗迹可寻，但地点应该就在当地无误。这里并不在北巡路边，而是自今天的长海沟门村东行入沟，离北巡古道 2 公里。康熙皇帝驻跸粮庄常海爷府邸每次将增加 4 公里路程，按照当年交通条件，这种可能性基本排除。而且，该村庄附近没有可以成为第一泉的较大泉眼。虽然该村东行 1 公里左右叫三岔子的小村北沟曾经有较大山泉，但偏离古道近 5 公里左右，山道狭窄，旧时并不通车马，更没有皇帝可以驻跸的场所。

大店子在北巡路边，又有大店子汛驻防，较符合皇帝驻跸条件，但附近没有较大的水泉。那么，"塞外第一泉——舍里乌朱"在大店子村的可能也基本可以排除。

看来只有马氏拉海爷的庄头府邸可能符合条件，但我们必须找到庄头遗址和附近常年不枯的泉水等有效证据。

调查发现，马氏拉海爷的后人现在仍生活在拉海沟三道沟自然村，新中国成立后仍有满族马氏三兄弟，被当地人尊称为马大爷、马二爷和马三爷（"爷"这一称呼，在满语不代表辈分，只是敬称，相当于汉语"先生"）。马大爷和马二爷无子嗣，现在少一辈马氏三兄弟都是马三爷后人。据三道沟村老人记忆，清末民初时，马家在古北口河西还有50亩地，二十世纪八十年代，马氏庄头府邸的五间老屋尚存，从马大爷夫妻当年的照片看，房屋是标准的满族风格，虎皮石的老墙十分坚固，万子阁的窗棂制作精细，房屋建筑非常考究。而且据当地村民回忆，在马家老房南相隔50米的一处村民院落过去曾经是马家大院的门房改建，可见当年的马家大院有很大的规模。三道沟村是通往古驿道十八盘梁的必经之路，这里沿着北巡古道北行二里的德胜岭自然村旧称"马圈子"，是康熙年间专门饲养驿马和官马的场所。马圈子梁根（十八盘梁南坡）古道边有一眼常年不竭的清泉，正是被当地百姓称为"海眼"的潮里河主要源头，水泉上方就是著名的十八盘梁宋辽古驿道、古寺庙、古戏台和摩崖石刻遗址处，当年也曾香火旺盛，人流聚集，商旅不绝。这和史料所载的"舍里乌朱"十分契合，至此我们基本可以认定这里就是康熙皇帝北巡经常驻跸的地方，著名的"塞外第一泉——舍里乌朱"。

康熙初年在拉海沟村北山下修建古庙"碧霞宫"，又重建了十八盘梁顶的"盘云寺"，这也可能和康熙皇帝经常驻跸"舍里乌朱"有关。

史料记载："康熙二十二年（1683年）农历六月十六日，上出古北口，驻跸舍里乌朱地方。农历七月二日，北巡回京途中，于多滦岭（十八盘梁附近）猎虎一只，驻跸舍里乌朱。康熙二十三年（1684年）农历五月二十二日，上出古北口，驻跸舍里乌朱地方。次日，上于偏岭西山行围，射殪一虎。康熙二十四年（1685年）农历六月四日，上出古北口，驻跸舍里乌朱地方。"

康熙二十四年的这次驻跸，康熙皇帝在拉海爷庄头府邸，接到了中俄雅克萨战场上中国军队取得重大战果的喜报，心情爽快兴奋，在这里接见了应召前来朝拜的时任古北口都司石春等。当晚君臣在"塞外第一泉"举行了庆祝宴会。

史料还记载："康熙二十九年（1690年）农历七月二十九日，上北巡返京途中驻跸舍里乌朱。康熙三十四年（1695年）农历八月六日，上驻跸三岔口（舍里乌朱）。"

值得一提的是，这里所说的三岔口并不是现在的火斗山乡的上三岔口村或下三岔口村。因为上三岔口村和下三岔口村虽在顺治年间已经形成村落，但村民结构是两支同姓不同宗的汉族刘姓逃荒难民，一支来自山西太原府榆次县，一支来自山东登州府莱阳县。在封建等级观念十分强烈的大清前期，民族矛盾还没有完全调和，很难想象贵为天子的康熙皇帝出游，会驻跸在一个不同民族的贫民窟。此三岔口也应该是三道沟村。三道沟村正是三条沟的汇聚处，北经德胜岭通十八盘古道，东北走二道沟，也有通往平坊的路，南经拉海沟至大店子、古北口，是名副其实的"三岔路口"。如果三道沟是史料里的三岔口，这也完全符合三岔口北沟（德胜岭村）有泉的说法。此后，康熙皇帝还多次往来滦平，驻跸舍里乌朱。如：康熙三十六年（1697年）农历九月十三日，康熙皇帝驻跸三岔口（舍里乌朱）。在这里康熙颁旨任命刑部尚书吴琠为武会试正考官，任命侍讲学士王九龄为副考官。

康熙三十七年（1698年）农历八月三日，康熙皇帝驻跸三岔口（舍里乌朱）。时年45岁的康熙皇帝平定了噶尔丹叛乱，政权稳固、江山一统，怀着喜悦的心情在此写下了《出古北口》。

康熙三十八年（1699年）农历七月十三日，康熙皇帝驻跸三岔口（舍里乌朱）。

康熙三十九年（1700年）农历八月一日，康熙皇帝驻跸三岔口（舍里乌朱）。八月三日，皇帝在今拉海岭一带行围，猎杀一头熊，当天康熙皇帝过拉海岭驻跸喇嘛洞汛（大屯）。农历九月七日返京途中，康熙再次驻跸三岔口（舍里乌朱）。

康熙四十年（1701年）康熙皇帝北巡出行选择昌平—延庆—张家口一线，农历九月十九日，返京途中，再次驻跸三岔口（舍里乌朱），并在这里接见琉球国中山王尚贞派遣前来进贡的使臣郑职臣，并赐宴招待。

康熙四十一年（1702年）农历六月十六日，康熙皇帝驻跸三岔口（舍里乌朱）。农历八月二十四日，北巡返京途中，康熙皇帝又一次驻跸三岔口（舍里乌朱）。

康熙四十五年（1706年）农历十二月十四日，北巡归来的康熙皇帝最后一次驻跸三岔口（舍里乌朱）。在这里，他组织了一次行围活动，射杀了一虎一豹。

纵观清史，康熙皇帝北巡有十五次驻跸滦平县城内的"舍里乌朱"，共计驻跸过十七天。此后，大清皇帝木兰秋狝途经滦平大多选择南线的行宫御路。从此"塞外第一泉——舍里乌朱"逐渐淡出了历史的视线。

我们寻找历史上的"塞外第一泉——舍里乌朱"目的在于：发掘滦平本土的历史文化，还原历史的本来面目，探索滦平的文化底蕴，为未来滦平县域经济快速发展提供强有力的文化支持。

我们希望未来的滦平，能够在这条"宋辽古驿道""康熙北线御道""丝绸茶马古道"沿线，开发出一条集历史文化、户外科普于一身的"滦平新的'一带一路'"。我们希望在这条路上能够重现王安石、欧阳修、苏辙、包拯、沈括……还有大辽萧太后、大清康熙大帝……还有诵念"六字箴言"的大元国师八思巴……还有在"舍里乌朱"饮水的"鹦鹉嘴龙"……

古树下的村庄

沉　香

古树是这里的根，古树是这里的魂。

它见证了村庄的成长，它牵挂着游子的心。

去年夏季，退役还乡的王志国将军，请来北京的专家对滦平县大东沟的古崖柏进行实地考察，这棵郁郁葱葱的古树，距今已有三千多年。

相传，几位漂泊的祖先，走呀走，发现一处巉岩之上长着一棵挺拔的柏树，这棵树面朝东方，繁叶茂盛，荫蔽沟谷，他们愕然了，这不就是自己要找的地方吗？人类因树有精神。大家围山而转，绕水而行，聚集在这树下生息。人增色于树，树增色于村，慢慢地，大东沟里古树下的村庄诞生了。乡邻们亲近的不单是古树，就连一石一草都疼如指尖，连同土壤的腐殖质里竟深深地印着一个古老民族与文明历史的符号。

早在战国和秦汉时期，这里就是连接中原与东北的交通要塞。鲜为人知的是，这里至今仍然延伸着一条跨越千年的东北亚"丝绸之路"。这条古驿路于1005年宋辽"澶渊之盟"后的120多年间，包拯、欧阳修、王安石、苏颂等众多历史名人都曾经德胜岭（今十八盘梁）出使契丹。这条千年驿道堪称中华民族百年和睦史诗，是一条民族融合之路、文化繁荣之路、和平发展之路。

伟大的药物学家苏颂出使辽国，出古北口由北而南经十八盘梁，翻越山脊隘口，隘口两侧就是摘星岭最高点了。南坡视觉广阔，一条驿道翻山下沟，陡行直路为人行和骡马驮行窄径，东侧一条车道，梁上古柏招手致意，脚下就是大东沟了。真美啊，泉水成溪，绿树成荫，树映水中，沿路风景不禁让人发出啧啧的赞美声。苏颂行驶在驿道上，想把自己的所见所闻记录下来，走着走着，忽然传来一片啼哭声，他停下脚步细听，悲音声嘶力竭，刚想闻声迈步，只见摘星岭旁的东梁有一群人，围着一堆干草哭得死去活来，他下意识地揣摩，如果没有灾病怎么会如此痛心？他立刻差人背起药箱随声音赶到现场。当看到土坑里躺着一个被干草覆盖着的小孩，急忙扒开一看，这娃子脸都变成紫暗，摸摸孩子的心口窝还未凉，确诊是要出水痘所致。他吩咐孩子家人把小孩裹严，抱回家放在热炕头上，一边打发人刷锅烧水，一边语气沉重地说："孩子的病需要芦根汤救治，只要把汤一点一点灌到娃子嘴中一试，灌得进去，尿得出来，这病就有得一搏。"这个小孩是老李家的，名叫小花。家人听到孩子还有一线生机，连忙扛着镐头到溪边去挖鲜芦根。芦根拿来了，苏颂亲自洗净切成段丢入锅中，加大火力，熬成红色，盛出晾温后，将汤亲自灌入小花口中，半碗下肚，孩子居然一裤子尿。见状，苏颂点了点头，跟他们家人说："小孩已有转机，你们别再啼哭了。继续服用芦根水，芦根水上清肺透邪，下利膀胱导热外出，孩子会慢慢好起来的。"

经过一阵子紧张的忙碌，苏颂总算松了一口气，然后就向小孩父亲了解情况，原来村子里不知怎的出现了一种怪病，没出三天就扔出去六个孩子。说到这儿，孩子的父亲扑通一声跪倒在地，一边擦着眼泪一边哽咽地说："您救了我家小花，这是村头古树灵验了，老天给我们送来一名神医，您是菩萨。"苏颂赶忙扶起小花父亲，亲切地说："芦根疗反胃呃逆不下食，胃中热。伤寒内热，最良。"

那年月，小孩因内热引发疹子死亡的不计其数，哪里懂得用芦根解表治疗的药理呀！小花好了，全村的孩子们也都用上了芦根汤。故事一个传俩，俩传仨，小孩出疹子用芦根汤解表散热延续至今，苏颂受到众人的敬仰。

1053 年，苏颂为了改变本草书中的混乱和谬误现象，建议各州县详细记载产药地区，让识别草药的人仔细辨认草药的根、茎、苗、叶、花、实，形色、大小；还有虫、鱼、鸟、兽、玉石等能够入药的材料。然后逐件画图，并一一说明开花、结果、采收时的月份及用法功效。朝廷采纳了他的建议，并委任他编撰《图经本草》，经过艰苦努力，1061 年苏颂编撰完成了《图经本草》二十一卷。

1077 年，苏颂二次使辽，重返古树旁的驿道上，看到山路上一拨一拨推着小车、挑着箩筐的人群向大东沟村庄拥去，他随即巧妙地避开随从，悄悄跟了上去。啊，好一派繁华场景，柴胡、远志、黄芩、生地、熟地、苍术、穿山龙、芦苇根、金莲花等中药材应有尽有。更为可喜的是，山鸡野兔、蘑菇生姜、烧饼、糖葫芦等山货小吃琳琅满目。袅袅的村庄，火热的生活，感染了他，即兴吟出："路无斥堠惟看日，岭近云霄可摘星。握节偶来观国俗，汉家恩厚一方宁。""百草悠悠千嶂路，青烟袅袅数家村。终朝跋涉无休歇，遥指邮亭日已昏。"

一棵古树依傍村落，那是一段历史的悠久见证与文明丰碑的标记；一棵古树扎根繁衍，那是一部自然环境发展史和生态美好的记录；一株名木烙下的足迹，那是一段佳话的生动记载。透过这一棵先辈馈赠的古树，让我们重温这些"活文物""活化石"的博大精深和生命传奇。

往日车水马龙的繁华古道荒草萋萋，德胜岭上的戏台古庙像沉睡的故人。德胜岭下，大东沟、三道沟、大店子……一个个村庄欣欣向荣，所有的一切承载着明天和希望，所有的一切连接着诗与远方……

驿道情思话古今

缪希骥

　　千年前，公元 979 年，中原宋王朝开始北伐，征战北方少数民族王朝辽，经过 25 年战争，以燕云地区为主战场，你争我夺未分出胜负。到 1005 年订立澶渊之盟，宋辽结为兄弟，为燕云地区迎来百年和平，民族间开始了融合，经济、文化、人员相互交流，由此产生了宋辽古驿道。

　　宋王朝国力强盛，南方一统，是当时世界上最繁荣的国家。国力强盛并不代表军力强大，由于制度存在弊端，大宋军队的战斗力并不顶尖，缺少统一指挥，形不成统一意志的国家军队体系。时值辽帝更替，宋太宗听信朝臣建议，以为辽帝年幼，太后摄政，内部不稳，便有可乘之机，于是分三路大举向辽进攻，发动战争。事实上辽也发展迅速，日益强大，统治集团没有因为权力交接而衰败，君臣协和、政治清明，没给宋朝机会。由于错误估计形势，准备不足，结果宋军没能取胜。经过连年战争，双方各有损失，且双方都有求和之意，于是在澶州订立结盟合约,结束长期大规模战争,史称澶渊之盟。盟约规定，宋辽为兄弟国，辽圣宗年幼称宋真宗为兄，以白沟河为国界，双方撤兵，辽归还了之前占领的两座州府，宋每年给辽白银十万两、绢二十万匹，两朝罢兵各守旧界，不得藏匿越界盗贼逃犯，双方边境设置市场开展互市交易。如此下来，促进了中原与北方边疆经济文化交流和民族融合，使北宋经济又得以快速发展。宋仁宗时，社会经济走向了中国封建社会巅峰，最辉煌时 GDP 占全球百分之八十。后来，宋朝忘战去兵，武备尽废，内斗不断，重文轻武，一味歌舞升平，不知居安思危，最后还是败于北方后来崛起的蒙古铁骑。这也是历史给后人的重要启示，这都是题外话。我们继续回到宋辽古驿道话题。

宋辽古驿道从宋辽边界白沟算起，途经北京（辽称南京）、内蒙古宁城大明镇（古称中京），到内蒙古巴林左旗南（古称上京），总长1800 里，沿途设 32 座驿馆，另外还有众多支线驿道。从北京古北口进入滦平，是古驿道主线路，是北宋通往辽必经之路，战略地位重要，历史作用十分突出。特别是古道十八盘，史称摘星岭，又名德胜岭，德胜岭更是盛名久远，千年传颂。宋代苏颂曾写下"路无斥堠惟看日，岭近云霄可摘星"。如今十八盘古驿道山梁上古道盘旋，青石板上车辙痕迹清晰可见，深达数寸，透射出千年历史沧桑记忆，令人遐想着车马喧嚣、行人不断、各种货物南来北往的繁荣景象。古道边大戏台驿馆寺庙等遗址众多，山崖上少数民族文字的石刻，彰显出历史的厚重。宋辽古驿道开通百年间，宋辽间先后派出 1600 多名使者出使，宋代历史上不少大名鼎鼎的人物，都曾行走在古驿道。1045 年名相包拯，1055 年大文学家欧阳修，1068 年、1073 年著名科学家和诗人苏颂，1075 年科学家沈括，1088 年苏辙都途经滦平，经过古驿道出使辽国，在古驿道上写下不朽诗篇。大诗人苏辙就写下《出山》，其中描写当时生活情景犹如就在眼前，"燕疆不过古北关，连山渐少多平田。奚人自作草屋住，契丹骈车依水泉。橐驼羊马散川谷，草枯水尽时一迁。汉人何年被流徙，衣服渐变存语言。"王安石写过《入塞》，苏颂写过《摘星岭》。千年变迁，时代发生天翻地覆的变化，现实之中总有历史的影子。新时代开启，千里宋辽古驿道大都不见踪迹，被条条现代大小马路取代，唯独滦平县境内存在和保护着遗址，并把古驿道文化发扬光大。

十八盘以南，也就是摘星岭下古驿道边，有一个小山村叫大东沟，与古驿道结下不解之缘。小村的进村道边竖立着古驿道标识，村两头建起牌楼，将历史和现实相连。村北路边山上一棵千年古崖柏高高屹立，见证着古驿道历史，向世人诉说千年沧桑。小山村几十户人家分散坐落在山坳里，古驿道从村中穿过。这里农户已摆脱贫困，街道干净，院落整洁，民房整齐。村民休闲广场体育器材齐全，更有特色的是几十座石雕，雕刻着历代名人大家头像和不朽诗篇，文化墙上绘上古驿道全景图和澶渊之盟来历内容。古驿道边是一条小溪，小溪边绿树花草，溪水清澈，蓄起的水塘里人造喷泉高涌。一座小巧的汉白玉石桥连接东西，小桥旁一座国旗底座，庄重小巧，刻着诗文和长城抗战雕塑，旗杆上鲜艳国旗飘扬。古人不会想到而今盛世之美好生活，更不会想到一个小山村竟建立了宋辽古驿道博物馆。在一个农家小院展室，系统介绍宋辽古驿道形成来源和发展历史，记录了众多名人的往来轶事和优秀作品，展现出宋辽古驿道的起始全貌。大量的实物以及照片图表，展现出古驿道浓厚的文化气息。这些变化得益于党的扶贫攻坚政策的落实和美丽乡村建设的政策扶持，也与小山村中走出来的一位将军密不可分。他就是王志国将军，他退休前曾任省军区副司令。这位生于小山村长于山村的农家子弟，改革开放初参军入伍，四十多年军旅生涯，从士兵到将军，为国防和军队建设贡献了青春，流下了汗水。退休后，他心系家乡扶贫事业和美丽乡村建设。联系相关部门保护驿道文物古迹，收集整理历史资料；与当地政府和帮扶单位、驻村工作队及乡村干部一起，集思广益跑项目争取资金，修路架桥整理河道；整合土地成立合作社，调整种植结构，利用古驿道文化搞乡村旅游，发挥自己的光和热。将军奉献岂止在战场和军营，建设家乡热土，光大历史文化也有用武之地。将军的老父亲也是一名军人，解放战争入伍，参加过辽沈战役，跨过鸭绿江，抗美援朝保家卫国，多次立功受奖，曾给彭德怀总司令的司令部站过岗，转业回乡在村当支部书记，带领乡亲们在致富路上奋斗了一辈子。军人的血脉传承，使将军对父母、对家乡爱得更深。爱国爱家乡的情怀成为父子两代共同的追求，将军深爱家乡，经常住在家中祖屋，陪伴父母，发掘家乡历史文化，2018年成功举办驿道马拉松比赛，使名不见经传的小山村，变成全县闻名的美丽乡村。

滦平宋辽古驿道，历经千年。清初，顺治和康熙皇帝都是出古北口，沿古驿道去木兰围场练兵行围打猎，联络北方少数民族上层。后来，修建避暑山庄，清朝皇帝开辟了北京至承德的南线御路，这条古驿道被逐渐遗弃。滦平县内千年古驿道，诉说着历史变迁，记录着先人足迹，更有现代人的向往。中央电视台《国宝档案》栏目对此曾做过专门报道。追寻历史足迹，人们便会得到启示，今天，高速、高铁、国道、省道、县道四通八达，连接城乡，人们出行交往便捷，经济快速发展，人民生活更加富裕。今天的滦平人，正努力汲取着历史营养，传承着优秀文化，建设着美丽家乡。我们相信，我们的梦想一定会实现，我们的未来一定无比辉煌。

李文化：古驿路上文化人

汪 贵

古道悠悠，芳草萋萋。也许沾了帝王将相行走过的光，也许沾了诗词歌赋的光，滦平县十八盘显得越来越厚重，越来越有文化。

说起"文化"，沿十八盘北行十里，有个于营村，这里走出个李氏文化。李文化虽不能和古代欧阳修、王安石、苏辙等大文化人齐名，但也是大名鼎鼎，他对中国电影事业的贡献，已深深印在华夏大地上。今天，我们把他收入此书，就因为他是生于斯长于斯的滦平文化人。

1929 年，李文化出生在滦平县平房乡于营村的一个贫苦农民家庭。17 岁参军，19 岁入党，在部队里学会了电影摄影，转业后分配到北京电影制片厂。

新中国成立不久，王震将军率大军开赴新疆。李文化为拍摄《边疆战士》，一年的时间里，从星星峡到帕米尔高原的顶峰，留下了他辛勤的足迹。军队保卫边疆，建设边疆的丰功伟绩……统统被他摄入镜头，影片气势恢宏，基调昂扬，一上映就受到了全国观众的热烈欢迎。

1952 年他到了抗美援朝前线，后来又到了越南抗法斗争的前线。这位年轻的摄影师，穿过弥漫的硝烟，冒着猛烈的炮火，真实记录了最可爱的人的英雄业绩，拍下了一幅幅珍贵的历史画面。

1955 年他进入北京电影学院，历经两年时间，专修故事片摄影。《早春二月》是他摄影的代表作。著名电影导演、摄影师李晨声在《我的师友李文化》一文中，这样评价："《早春二月》的摄影创作，在中国电影史上具有开拓性的意义。它准确、生动地再现二十世纪三十年代江南小镇的历史风貌和旖旎风光，不仅细致入微地塑造了几个性格各异、命运不同的人物形象，更主要的是冲破了中国电影长期恪守的以叙事表意为主的窠臼，把情绪的渲染、感情的揭示、人物心路历程的精细描绘作为创作的中心来付诸实施，摆脱了匠艺的束缚，自觉地走上了完全意义上的创作之路。"

二十世纪七十年代初，李文化迎来了他的第一部导演作品——《侦察兵》。他是集编剧、导演、摄影于一身，开辟了我们国家摄影导演的先河。他将自己对电影的认识、对生命的热情、对人生的追求、对艺术的挚爱，全部书写在影片中。内心的真诚，换来了观众的认可。上了点年纪的人应该记得《侦察兵》上演时的盛况。用万人空巷一词形容是再合适不过了。现在电影界还记录着南方某地为争看此片发生了踩踏的事件。《侦察兵》当时在全国掀起的一股热潮，从小孩到大人，说着电影中的台词，学着演员的动作，在生活中运用、流传。这部影片将中国电影带入了"朦胧的商业电影时期"，有专家评论这是新中国成立后第一部集强烈观赏性及娱乐性于一身的新电影。在那个年代不得不表现的主题思想，不得不去渲染的人物命运，虽然桎梏着李文化在思想创作上飞扬的想象，但在艺术的表现手法上超越了年代的束缚，给中国电影书写了宝贵的一笔。

因为《侦察兵》的成功，李文化接受了导演第二部故事片《决裂》的任务。这部故事片的主题立意是上级规定的，不能偏离航向，导演只能在规定的图纸上画画。就是这样一部作品，李文化还是让它家喻户晓了。他那份真诚和执着，将当时只凭一双长了茧子的大手就可以读"工农大学"的农民心声，渲染得感人至深，将"马尾巴的功能"这样一句很有讽刺意味的台词拍得栩栩如生。如果当时有网络的话一定会成为"雷人语言"。李文化的女儿北影导演李妮，在谈到这部戏时说："用激情创造电影，用疯狂表达情感，用内心的狂野塑造未来，这是父亲不惑之年的创作风格。他的电影释放着生命的坚强与脆弱，洋溢着浓郁的感动与凄凉，充斥着真诚与无奈……"

一部政治题材的电影能让人记忆犹新，这就是经典的魅力。在那个年代，经典就是风向标，他影响着大多数人的思想。

紧接着是导演《反击》，这部电影也是领导指派的，结果这部电影没有公演，就被定为"大毒草"。两年多的时间，审查、批斗、检讨、盘问、开会……成了李文化每天不可缺少的"运动项目"。时代和政治的烙印深深地烫在了《反击》这部影片中，也牢牢地印在了李文化的心里。

"远离政治题材，歌颂真善美"的主题，成为日后李文化电影作品的主流。

李文化平反后，他心中那座冰山融化了。带着感激和真诚从1979年到2000年，李文化导演了《泪痕》《海囚》《京城劫盗》等19部故事片和武打片，还有12集电视连续剧《夜深沉》，26集电视连续剧《澳门风云》。《澳门风云》是他办了离休手续的第十年、70岁时拍摄的。《光明日报》称他为"一朵红玫瑰"，《北京晚报》称他为"实干导演"。

李文化与老伴侯刚育有一子两女。侯刚与李文化同在新中国成立初期参军，曾在中央新闻纪录电影制片厂任摄影师，是中央电视台第一位女摄影师，后来任外文局《人民画报》杂志的文艺编辑。儿子李莽从事影视摄影工作，曾拍摄电视剧《青松岭的人们》《曹雪芹与红楼梦》等十几部作品。长女李娃就读中国音乐学院、东京国立音乐大学、日本青山学院，定居国外，从事剧本创作。小女李妮毕业于中央戏剧学院导演系，在北京电影制片厂出任导演，《初吻》《相逢在雨后》等十多部影片出自这位女强人之手。

2012年6月19日，83岁的李文化静静地走了。在日后的采访时，侯老递给我李老在病房写下的最后一篇文章。现在摘录片段。

我11岁第一次看到电影，对屏幕上的人物、景物一下子装进胶片盒子感到神秘，认为是不可知的秘密。没想到，我为胶片盒子的秘密追逐、拼搏了一生。时代的潮涌推着我走了一生，推我做了终生的电影人。

在夕阳下回首我的一生，看到的是一个坚韧亦有些模糊的剪影。忙忙碌碌，辛苦执着到最后仍有不少遗憾。生在大山，探出头来，便奔着光明而去，那荧荧的灯火，便是那方小小的屏幕。走着走着走过了半生，收获之际，仍有压抑，细细思量，发觉自己原来一直在"遵命"。搞着遵命的电影，遵命的艺术。艺术一旦不是真心所想所愿，那艺术的真纯和高度就会在某种程度上打折扣，唯有《泪痕》《海囚》和《侦察兵》三部，聊以自慰。这一看不要紧，自觉要释放更大的能量，走心灵的自由之路，路途在前面已敞开了，抖抖手臂，耸耸肩膀，却听得老骨头吱吱作响，乃惊觉，老了。"李叟老矣，尚能拍否"？呵呵！

电影，神秘的电影，科学的电影，为了拼搏一生的电影，我心中热爱的电影……我今天一下子感到好像刚刚踏入电影的大门，刚刚奋力奔跑，却到了尽头——老了！心有余而力不足了，可我还有那么多遗憾呢，怎么办？只有来生还做电影人吧！

这就是我们共和国的艺术家。

这就是古驿路上的文化人。

李老，静好。

从十八盘古驿道走出的人民艺术家

——怀念我的父亲著名电影导演、摄影师李文化

李妮

父亲走了。走得很平静，很安详……

重新翻开他的书《往事流影》，不觉心中一阵酸楚，无尽的思念在这一刻涌动着……我爱父亲，这本书记录了一个真实的父亲。

作为出色的电影导演，父亲既是慈父又是我的恩师；儿时的耳濡目染让我觉得除了家庭，电影是我的生命中不可缺少的一部分；电影让我和父亲有着同样的梦想，同样的守候，同样的人生观。

让生命发光

父亲的老家在河北滦平，燕山山脉的一个褶皱里。年少时的父亲，常常爬上离家不远的十八盘梁顶眺望远方，车辙印痕清晰的宋辽古驿道向远方伸延、看不见尽头。尽管父亲不知道远方的远方会有些什么，但远方对于年少的父亲充满了神秘的诱惑。在这古道上和亲人的依依惜别，成了父亲和我从未谋面的爷爷最后的诀别……

艰苦的求学路，终于在一个看似偶然的机会，实则必然的考试中

得到了认可，父亲踏进了电影这扇大门。

对于一个还在懵懂时期的青年来说，电影就像一个不可知的世界，充满了神秘、诱惑、新奇。父亲的一生将这个世界里每扇窗一一打开，绚烂多彩的场景奇迹般出现在眼前——它是一幅画，它是一场梦，它是一段历史，它是一个奇迹，它是创造父亲人生的摇篮，它是中国电影发展的心路历程……

纪录片时期，父亲在战火中创造了生命的奇迹。在和平年代谱写了新中国创业时期辉煌的篇章。

我们都知道，新闻纪录片独特的真实感或现实感一直是其魅力所在，摄影师的责任、使命就是真实的记录，真实的体现，从生活中挖掘表现各类事件。

父亲是新中国第一代纪录片摄影师，他怀着热情和对党的热爱，将他纯朴的情感倾注在纪录片的创作中，真实地再现了新中国的每一个真实场景。他们在摸索中开辟新中国的电影之路。

父亲在越南、朝鲜、国内共摄影了六十余部新闻纪录片。获1949—1955年中央文化部颁发的"优秀新闻片"个人一等奖。

《鲜血凝成的友谊》获中央文化部颁发的好快省奖；

《一定要把淮河修好》获中央文化部颁发的三等奖；

《边疆战士》获中央文化部颁发的三等奖；

《交换病伤战俘》获中央文化部颁发的一等奖；

《遣返战俘》《板门店谈判》《罗贵波大使向胡志明主席递交国书》《接管河内》……

通过书中的文字，我感受到了父亲的激情和感动，我看到了弹片将父亲身边的土地炸成了蜂窝；我看到了胡志明主席叱咤风云地指挥越南战场的胆略与气魄；我看到了打倒地主恶霸时人民的愤怒与忘我；

我看到了戈壁滩上的苍凉与炙热，我看到了新疆剿匪时的残酷与恐惧；我看到了"板门店谈判"真实的场景……我看到了父亲为新中国纪录片电影付出了不懈的努力，他用生命书写着新中国纪录片电影光辉灿烂的一页，为新中国留下了珍贵的历史资料。

故事片摄影是父亲摄影生涯从真实记录到心灵抒发一个质的飞跃。经过苏联专家学习班两年的学习，父亲开始了故事片电影摄影生涯。

故事片电影摄影师是电影造型艺术家、运用光影色彩的艺术家，他们是在用光、色、构图代替画笔在电影胶片上作画的画家。作为电影摄影师，想要展现自己的艺术风格，就要依靠技术、技巧、才能，在电影作品中去表现自己独到的艺术神韵。

我有幸先后观看了父亲摄影的十三部故事片：《粮食》《矿灯》《五彩路》《耕云播雨》《红色娘子军》《千万不要忘记》《早春二月》……

父亲的电影摄影艺术在那个时代达到了巅峰，至今《早春二月》的摄影艺术还在北京电影学院摄影系教材中，影响着一代又一代中国电影人。

青年时期的父亲用自己的想象和全新的视觉创作了《早春二月》，强调电影摄影的气氛渲染作用，精雕细刻每一个镜头，让影片充满了柔石小说中特有的江南文化气息，同时洋溢着中国山水画的含蓄唯美意境。

这时的父亲超越了对真实世界的记录，进入人性深处，探讨摄影机背后的社会、人情、生存、死亡等话题。在电影的天堂里他放慢了脚步，从狂热到思考，完成了自己的华丽转身，在自由的创作空间里找到了艺术的氛围和灵感栖息地。

让生命辉煌

如果说新闻纪录片摄影是父亲释放激情的年代，那么故事片摄影就是父亲激情和梦想化学反应之后真正进入艺术殿堂的阶段，而电影导演生涯则是父亲回归理性之后对人生、社会、生命的重新思考。

父亲的作品带有强烈的个人风格。他的电影导演创作分成三个阶段：遵命文学阶段；自由创作阶段；武侠情结阶段。

首先，父亲是一个为人善良、忠厚老实、胆小怕事又内心狂野的艺术家。这样评论父亲似乎很矛盾，实际就是这种矛盾的性格形成了父亲早期电影导演的鲜明风格特点。

二十世纪七十年代初期，正是"文革"中期，拍摄"文艺为无产阶级政治服务"的影片，是每个艺术工作者必须要做的一件事。父亲迎来了他的第一部导演作品《侦察兵》，《侦察兵》中父亲集编剧、导演、摄影于一身，开辟了摄影改导演的先河。他将自己对电影的认识、对生命的热情、对人生的追求、对艺术的挚爱、对观众的真诚，全部书写在影片当中。紧张的故事情节，略显夸张带有一定时代烙印的表演风格，流畅的叙事，快节奏毫不拖泥带水的剪辑，不断变化的机位和灵动的镜头运用，感人至深催人泪下的情景，将一位艺术家内心对生活的那份真情和狂野表现得淋漓尽致。《侦察兵》在那个年代的大胆创新、与众不同的风格，使一批优秀的演员从这里诞生并成为艺术家。《侦察兵》在全中国掀起了一股热潮。从小孩儿到大人，他们说着电影中的台词，学着演员的动作，在生活中运用流传，将中国电影带入了"朦胧的商业电影时期"。这是新中国成立之后第一部强调观赏性与娱乐性于一身的新电影。

古道雄关十八盘

由于《侦察兵》的成功，父亲接受了第二部故事片《决裂》的创作，这是一部遵命电影作品。"遵命"是指题材故事都是上级领导指定作者编好的，思想立意也是明确规定的。作为导演只能在规定的图纸上画画，不能偏离航向。就是这样一部作品，父亲还是让它家喻户晓、尽人皆知。父亲用激情创造电影，用疯狂表达情感，用内心的狂野塑造未来，这是父亲不惑之年的创作风格。他的电影释放着生命的坚强与脆弱，洋溢着浓郁的感动与凄凉，充斥着真诚与无奈。

"远离政治题材，歌颂真善美"成为父亲后来电影作品的主流。平反后父亲心中那座冰山融化了，绿色的生机回到了我们家的每一个角落，父亲和母亲的脸上重新绽放出笑容，我再一次看到了生命的坚强。父亲带着心中的那份感激和无以言表的真诚接受了影片《泪痕》的导演任务。

谢尔盖·爱森斯坦说过这样一句话："对于我来说一部电影使用什么手段，它是一部表演出来的故事片还是一部纪录片，不重要。一部好电影要表现真理，而不是事实。"

导演《泪痕》的过程，就是父亲表现永恒真理的一次情感体验过程。

在中国电影发展史上，《泪痕》被说成是伤痕文学的代表作。获得第三届金鸡奖最佳故事片奖和最佳男演员奖，同时还获得1979年政府颁发的年度优秀故事片奖。

剧本的内容和故事深深地打动了父亲，主人公的命运牵动着他那颗火热的心。"百花齐放，百家争鸣"的文艺趋势正日益兴起。艺术上成熟的父亲在这样的环境下，淋漓尽致地宣泄着自己的激情和感恩，感动了观众，感动了社会，感动了世界。影片中呼唤着人与人之间的那份真情，呼唤着像李仁堂饰演的县委书记那样的清官好官，期盼着正义的回归。

《泪痕》中李仁堂的细腻表演，将一名共产党员多侧面、全方位、有血有肉地表现出来，让人感受得到，摸得着，看得见，好像就在我们身边。而谢芳的表演，分寸感把握得非常到位，将一个"疯女人"诠释得深情感人，可圈可点。父亲对表演要求的微妙变化，使影片有了真实感，比起《侦察兵》《决裂》《反击》三部影片的导演处理，《泪痕》是个飞跃，是进步，是成熟，也是一种时尚的前进。

在镜头运用上，由于电影技术上的进步，《泪痕》镜头的表现力也有了不同，多变的镜头角度，用光的复杂丰富；对人物心理的剖析，以及对剧本的解释也有了更多的视觉冲击力。父亲将他多年来丰富的摄影和导演经验，娴熟的剪辑技巧和对影片节奏的把握，含蓄地运用在影片之中，融在人物命运之中，很有张力地带给观众视觉和情感的享受。

由此父亲开始大胆选择自己的生活，荣辱贫贱已不重要，回到"平常"，好好活着，是此时父亲的"梦想"。天堂里从来没有过真实，梦想依附在时代的变迁中，拨开云雾，回归本真，回归灿烂的精神世界，才是父亲真正的电影追求。

随着《海囚》《泥人常传奇》《爱与恨》《绿色的网》等影片的拍摄，父亲的电影进入了"自创文学"时期。这些影片的编剧创作父亲都参与了，随着改革开放的深入，宽松的艺术氛围，给予了父亲这样有才华的导演"海阔凭鱼跃，天高任鸟飞"的无限空间。终于可以选择自己喜欢的文学作品进行创作了，《海囚》井喷一样，直冲云霄，它诠释着父亲的艺术观念，诠释着父亲的人生观，诠释着爱与恨的交织，诠释着中华民族的精神境界，诠释着对生命的尊重，诠释着人性的善与恶……这时的父亲已经从"对社会的关注"，上升到"对人的精神世界的关注"。从重点对主题思想的解释，转到对人性两重性的开掘。生命永恒的主题在这部影片中飞扬。

古道雄关十八盘

对《海囚》激昂肆意的艺术再现，让我再次感受到父亲内心对电影的那份狂野和热爱。真实硬朗的导演风格，快节奏干净的剪辑技巧，不拖泥带水的故事叙述，油画般的摄影凝重而有气势，场面的处理粗犷中渗透着细腻，恢宏中伴随着感动，悲愤中漂泊着苍凉。

悲剧是父亲钟爱的题材，观览他的导演作品就一目了然。在二十世纪八十年代初期，电影进入了繁荣时期，父亲紧凑激情的导演风格成就了中国电影的新时代。票房成为衡量电影的试金石，也成为电影经济复苏的关键。拍摄好看、观赏性强的电影成为市场的需求，中国电影进入了市场。父亲的电影成了市场的宠儿。

《泥人常传奇》《绿色的网》《爱与恨》是市场温和期的作品，这几部作品已经远离了政治，重点在弘扬中华民族的传统文化，以及对真善美的歌颂。

《泥人常传奇》获厄瓜多尔基多国际电影节荣誉奖，这部影片关注的是民间艺人的生存状态以及他们成就事业的艰苦人生。戏中的人间苦味、荣辱贫贱渗透了中国艺术家铮铮铁骨之豪气，万般无奈之艰辛，中华民族文化遗产复兴传承的话题再度进入人们的视野。

《绿色的网》可以说是一部很难驾驭的作品，整部影片在云南的大森林中拍摄，演员只有三个角色。面对市场经济，一个场景贯穿始终，三个演员反复出现，如果没有好看的故事情节，快速变换的镜头剪辑，让人目不暇接的情景变化，是很难抓住观众并得到市场认可的。父亲再次让我们看到了奇迹，这部影片100分钟的时间里，每一分每一秒都在吸引着观众的眼球，父亲娴熟干净的剪辑风格丝毫不拖泥带水，将三个角色之间从信任到怀疑，再从怀疑到信任的巨大心理落差表现得细致入微，丝丝入扣，再现了人在大自然面前的渺小和坚强。影片中的大森林成了一种象征，象征着人们不可知的命运。森林，时而阴森可怕，时而阳光明媚，时而雾气蒙蒙，时而寂静无声；人永远也跑不出命运的怪圈，真的、假的、美的、恶的、善的、丑的，在命运的大转盘里辗转轮回，任何人都会在自己的那个终点停下找到归宿。就如同影片中的三个角色，他们的身份不管怎样变，最后都会真真切切地呈现出自己本来的面目。我认为这是一部具有象征主义色彩的电影，父亲在有意无意中尝试着不同风格的作品，拓展自己的艺术理念，为自己的电影梦想创造更多的可能。

记得"文革"期间，是样板戏最流行的时期，人人都会来上几段八个样板戏的唱段，父亲在那个时期拍摄了《红色娘子军》《海港》……

拍摄戏曲电影是父亲的梦想，这一天终于来了，豫剧《芙蓉女》的剧本放到了父亲面前。那时正是我大学毕业实习，有幸参加了拍摄并担任了场记，开始近距离接触父亲的导演艺术。

中国戏曲的最大特点就是"写意"，在小小的舞台上你可以看到千军万马的恢宏场面，你可以看到在水上行舟的优美风情，你可以看到细腻的神情交流；演员在台上跑圆场一圈可能就是十万八千里，每一个举手投足也许就是性格或情节的转换……这是戏曲特有的形式，是一种虚实关系独具魅力的表现。要想用电影的形式来处理戏曲的这种虚实关系，不是一件容易的事。

戏曲艺术片《芙蓉女》的挑战要胜过"样板戏"的拍摄。在化妆上是否坚持老戏中的脸谱处理、服装上是否要老戏中的绫罗绸缎、每个场景的搭建是否要还原舞台、表演和调度上是否要像舞台上那样、演员站在舞台上几分钟的唱段该如何处理等问题摆在父亲面前，因为是电影，所以就要不同。既要有戏曲的程式和特点，又要是电影的表达方式。因此，父亲做了大胆的尝试，演员的表演趋于生活，场面调度尽可能与内容相结合，使演员"动"起来。化妆既要尊重戏曲的传统又要保持镜头前的唯美，服装保留了戏曲的特点，但细节要求真实和飘逸，布景虚实结合得恰到好处，既保留了戏曲写意的风格，又有了电影真实的质感。这样的处理方法，在后来的戏曲艺术片中经常出现和运用，形成了一种趋势和必然。

在戏曲艺术片的拍摄上，父亲有着一大遗憾，他一直希望能将《三国演义》拍成连续京剧，因为这里的人物可以包容戏曲中的所有行当，可以展现出我们中国文化的精华所在。

无论是早期作品《侦察兵》，还是《决裂》《反击》《泪痕》，以及自创文学时期的《海囚》《泥人常传奇》《绿色的网》，这些作品都显露出父亲电影鲜明的个人风格——精彩紧凑的故事叙述，灵活多变的镜头语言，激情盎然的宏大场面，催人泪下的情感处理，鲜明深刻的主题再现。如果抛开政治的变迁只谈电影，这些电影中都渗透着不同时期父亲对生命的尊重，对人性恶的鞭挞，与命运的抗争和对生活的热爱。虽处在不同的历史时期和政治背景之下，父亲电影中永恒的主题只有一个：歌颂生命，歌颂真善美。

生命的轮回

由于父亲单纯绵软的性格，其后期的电影作品转向了历史题材和武打枪战片的拍摄，他开始在"虚拟世界"里畅想遨游。这一时期的电影作品产量惊人，《金镖黄天霸》《无敌鸳鸯腿》《血泪情仇》《混世魔王程咬金》《索命逍遥楼》《落花坡情仇》《泰山恩仇》《京城劫盗》《黑雪》《龙凤娇》等，这些影片开辟了中国内地武侠片的先河，创造了票房奇迹！当时北影厂流行着"靠李文化吃饭"的玩笑说法："一部影片养全厂。"在今天这个以市场票房论成败的标准下，父亲在二十年前就是领先于市场的导演，他乐此不疲，享受其中。在这个"虚拟世界"里，没有现实、没有过去、没有未来，只有自我、侠气、生命、真善美。

用想象创造电影的奇幻世界，用激情书写人生的跌宕起伏，用平静享受晚年的幸福生活，这就是父亲选择武侠电影的原始初衷。

纵观父亲武侠电影的创作历程，用"惊天动地"来形容毫不为过。他是内地武侠电影导演第一人！《金镖黄天霸》是他推出的第一部武侠电影。父亲作为第一个"吃螃蟹"的电影导演压力重重，但乐此不疲。

武侠电影是最具有中国民族特色的电影类型，它通过独特的叙事策略和艺术手段，对中国传统的道德哲学、伦理观念、宗教信仰以及审美心理等进行别开生面的演绎和阐释，它刻意营造的影像奇观里传达出其独具特色的民族精神和文化品质。

带着儿时的记忆，父亲开始了《金镖黄天霸》的创作。替天行道、除暴安良、执法如山、为民伸冤的主题跃然如见，老家滦平偏岭梁对施老爷庙的祭拜浮现在眼前，黄天霸的雕像矗立在施公庙里……老家滦平人的人物性格在父亲的作品里表现得淋漓尽致。

《金镖黄天霸》情节编排紧凑，逻辑严密，节奏富有变化，镜头灵活多变，剪辑干净简练，在紧张的动作场面之间夹杂着血腥与残酷，悬念的制造扣人心弦，矛盾逐级展开，开端、发展、高潮、结局清楚明确。不同的是，这部戏对善与恶的解释更辩证，对价值观的开掘更理性，对英雄的诠释更人性化。使爱恨情仇错综复杂，种种矛盾剑拔弩张，主人公在情感的杀戮里生死角逐，使观众获得了多层面的身体和情绪体验。

最值得一提的就是动作场面的设计。武打动作优美有力，拳术、刀枪、暗器的使用有板有眼，传承着中华武术之精髓，顺从了大众审美的需求，凝聚了古老文明与现代价值观的矛盾统一，使中国古典武侠艺术精神获得影像化呈现。所以说《金镖黄天霸》是一部典型的具有浓郁古典韵味的武侠电影作品。

《金镖黄天霸》之后的电影，《无敌鸳鸯腿》《血泪情仇》《混世魔王程咬金》《索命逍遥楼》《落花坡情仇》《泰山恩仇》等，不但顺应了市场，也成就了父亲"武侠电影前辈"的光荣称号。

父亲在这一时期的创作，平静如水，自由舒畅，天马行空，真正进入了中国武术的精神境界——"空"。他不需要荣誉，不需要奖赏，不需要成为关注的焦点。父亲只想平静地生活，娱乐大众、娱乐社会、娱乐生活。看似普通的追求，却有着博大精深的哲学内涵和道德信仰，一名新中国电影艺术家从辉煌灿烂到选择平静安宁，这也许就是生命的轮回。

纵观父亲的电影生涯，从战火纷飞的纪录片战场，到具有江南风情的故事片小镇；从神采飞扬的侦察兵，到一双手布满老茧的工农兵大学生；从苍茫大海上与命运抗争的华工，到更具人性的武侠人物黄天霸。不难看出父亲命运的律动，曾经沧海沉浮，却纯真依旧，侠气盎然。从起点画圆回归到起点，普通平静与世无争才是生命的真谛。

中华民族是一个勇于变革和善于学习的民族，父亲身上具有中华民族的传统美德。他的电影散发着对生命的热爱，对生命的尊重和不可抵挡的纯真质朴的气息。

这本书打开来，就无法放下。

真实的历史、记忆、往事、现在、将来让人不能释怀，内心总是涌动着某种激情想宣泄出来。

爱生活，爱电影，这就是我的父亲——一个从滦平十八盘古道边走出的人民艺术家。

十八盘——我们的梦萦与骄傲

王志国

凡是滦平的人，都知道有一个十八盘；凡是从滦平走出去的人，都会说来自十八盘；凡是想来滦平的人，都强烈憧憬去探访十八盘；凡是一睹古驿道风采的人，都会终生铭记十八盘！

——题记

2018 年 10 月 4 日上午，我在家乡接待了著名学者、新闻理论家、作家、《人民日报》原副总编、人教版中小学教材总顾问梁衡先生，他是在滦平县委宣传部李秀宏部长的陪同下，专程来寻找和"拜访"宋辽古驿道和燕山第一古崖柏（九龙柏）的。在参观了驿道文化广场、宋辽古驿道博物馆和探访九龙柏之后，他问我：为什么要研究宋辽古驿道？

是啊，为什么要研究古驿道呢？在送走梁衡先生之后，我做了以下思考：

一、为什么要研究十八盘古驿道？

——历史情结。悠久历史，独特贡献。我比较喜欢历史，见到什么就爱问一句："从哪里来？"还是 2014 年在河北省军区工作的时候，看到我曾经工作过的老部队创造了许多新的成绩，感到很振奋。为此，

▍古道雄关十八盘

我就给他们写了一首记录这支部队光辉历程的长诗，也作为他们的传统教育的素材。1976年2月参军之前，我只知道有一个十八盘，但为什么叫十八盘？山上的车辙印是怎么形成的？就一概不知了。退休了，可以坐下来了，所以研究这个事情就纳入日程了。不少的史书都记载，十八盘，也称思乡岭、辞乡岭、望云岭、摘星岭、德胜岭。这里从春秋战国时期就已经成为关外通往关内的重要通道。它是华夏农耕文明与其他游牧民族的交互地带，是通往东北、内蒙古草原丝绸之路的南端出入口，也是汉朝征讨匈奴、唐朝驱逐契丹、辽金大军南下、元朝统一中原、明朝拒驱鞑靼、清朝木兰秋狝的主要通道。特别是宋辽于1005年初缔结"澶渊之盟"后，这条驿道更加繁忙，宋辽两国使臣的互访、国家和民间的贸易往来、宋朝给辽国的"岁币"运输，基本都要走这条路。所以，这条道路见证了中华民族从连年征战到和平盛世的辉煌，是一条民族融合之路、文化交流之路、经济繁荣之路、和平发展之路。习近平总书记讲道："中华文化积淀着中华民族最深沉的精神追求，是中华民族生生不息、发展壮大的丰厚滋养"，"学史可以看成败、鉴得失、知兴替"。对曾经创造过如此辉煌的一条古驿道及其历史文化进行发掘和研究，对于继承中华民族大一统的民族精神、弘扬优秀传统文化、促进中华民族早日复兴都具有重要的历史和现实意义。

——家乡情结。世居此地，责任使然。一句著名的民歌唱得好："谁不说俺家乡好？"要说家乡情结，工农商学兵，我认为最重的就是"兵"！你可以想一想：当代军人，基本都是出了家门进校门，出了校门入营门。家门是"根"，是港湾；校门是"栈"，是学知识"充电"的地方；营门是战场，是施展从军报国才华的舞台。军人不可能在这个舞台上演一辈子"武戏"，总会有"卸妆"的时候。卸妆之后干什么？

有的选择留居城市含饴弄孙，有的喜欢遍游世界各地，有的喜欢舞文弄墨。这都没有错。但我想，千万不要忘了我们是从哪里来的，家乡的山山水水养育了你，你能否为家乡做一点有益的事情呢？能不能像甘祖昌那样"不当将军当农民"呢？能不能从我们河北省军区的老典型"希望将军"赵渭忠、"绿化将军"张连印身上受到什么有益的启示呢？特别是看到家乡"路还是那条路，村还是那个村"的时候，听到许多外地姑娘来搞对象因为村的路不通畅半路"打道回府"的时候，我要改变家乡贫穷落后面貌的决心就更加坚定了，于是退休后的第三天就回到了老家。

——**孝道情结**。一举两得，尽忠尽孝。孝道是中华民族的传统美德。军人作为特殊职业，自古就有"忠孝不能两全"之说。我18岁参军，但第一次探家已是三年之后的1979年了，那时刚刚开始分田单干。我参军时父亲还不到50岁，母亲40多岁，可如今他们都已分别90多岁和80多岁了。当了40多年的兵，虽大部分时间都在河北服役，仅2004—2005年到新疆克孜勒苏军分区当了一年的边防军人，但由于长期带兵，回家次数也不多，即使有时回去了，也是来去匆匆。在京郊当旅长时，每到大年三十，都是先和战士会完餐再回老家，陪父母吃完晚饭还要连夜往部队赶，看看干部替战士站岗落实了没有，大年初一先组织团拜，再到基层和弹药库慰问部队。军旅40年是为国尽忠，这回退休了，也应该回老家伺候一下老人了。回到家乡，一方面建设家乡，一方面孝敬老人，不是一举两得吗！

——**嘱托情结**。完成父愿，改变面貌。我记得小时候，看到父亲的脸上都是"麻子坑"，就问是啥时候长的麻子。父亲说，不是麻子，是在战场上被炮弹掀起的沙子打的。他1947年被国民党军抓的壮丁，在平泉一次战斗中被解放军俘虏。在征求他意见是回老家还是继续当兵的时候，他选择了参加共产党的军队。随后，他参加了辽沈、平津战役，随 15 兵团一路南下江西、广东。1950 年，朝鲜战争爆发，他作为志愿军总部警卫团的兵，随彭德怀司令员渡过鸭绿江，此后，一直随志愿军总部转战大榆洞、君子里、空寺洞、桧仓等地。他在朝鲜战场上加入了中国共产党，当了班长，直到 1955 年复员回国回乡，又担任近 20 年的村党支部书记。母亲是北京市人，含辛茹苦把我们 4 个孩子拉扯大，也没有享到什么福。父母的心愿是，在自己这一辈没有改变家乡面貌，希望晚辈能做得比他们好。所以，建设新农村，挖掘传统文化，既是了却长辈的心愿，也是我们这一代人的责任。看看路也宽了，灯也亮了的时候，他们也笑了。外孙女回到老家说："这里怎么比北京我们住的地方还干净啊？"

——**劳动情结**。利用闲暇，发挥余热。有一句歌词讲"革命人永远是年轻"，我因军改推迟了大半年退休，回到老家虚岁已经 60 了，但因为长期在野战部队工作，是从"炮筒子爬出来的"，摸爬滚打是家常便饭，所以在老家，走路、爬山、扫雪、修剪树枝都不在话下。每天随鸡叫三遍起床，走路锻炼之后，看文化石、道路施工，吃完早饭再到工地转转，回去就吃午饭了，但从来没有累的感觉。自己文化不高，基础只是"文革"时期的高中。之后，组织选送自己上了炮兵学院、国防大学。虽然对历史有所研究，但真正搞懂弄明白也不是一件容易的事情。每天在外面忙完之后，都力争再看看书、找专家研究一下问题，搞不清楚的还要到现场进行勘察，村南的辽金时期古窑址就是这样发现的，也属"歪打正着"吧。就这样，逐步地把知其然变成了知其所以然。虽然整天还像带兵那样两眼一睁忙到熄灯，但感到非常充实。

在地方政府大力支持和各方的努力下，2016 年 10 月，直通省道（原

101 国道）的东兴路终于拓宽开通了；2017 年 10 月，又建成了驿道文化广场和博物馆。我有感而发，记录了当时的感想：

七律·东兴路竣工

汉武长城塞外霜，宋辽和睦百年祥；

千年驿道摘星岭，十八盘上车马忙；

和谐盛世东兴路，父老乡亲心欢畅；

包拯安石欧阳修，不再思宋念故乡。

赞摘星岭

华夏五千年，和平难觅踪；

宋辽堪楷模，众生大局重；

休战百年祥，神州大繁荣；

悠悠古驿道，结盟建奇功；

权臣文豪赞，巍巍摘星岭；

现今创盛世，再颂千古情。

二、怎样研究十八盘古驿道？

主要从"纵、横、厚、远"四个方面：

——纵向上厘清脉络。宋辽古驿道承载着中华民族几千年非常厚重的民族融合史、文化交流史、经济发展史。现在我们通常讲的宋辽古驿道，一般是指 1005 年澶渊之盟以后，以白沟河（今雄安新区）为起点，过顺义、密云，出古北口，翻越十八盘梁一直往北偏东方向，再经隆化、承德、平泉、宁城，到达辽上京巴林左旗，绵延 1800 里，分布着 32 座驿站，这是空间上的分布。时间上，这条古驿道跨越春秋战国、秦汉隋唐、宋辽金元、明清民国，已有 2000 多年的辉煌历史。

古道雄关十八盘

早在公元前 681 年，春秋五霸之一的齐国君主齐桓公，就越过渤海燕山到达滦河流域，帮助燕国剿灭了山戎。齐桓公不仅是政治家、军事家，还是个经济学家和农学家，通过征战不仅消除了燕国、齐国的军事威胁，他还把山戎的冬葱（大葱）、戎菽（大豆）种植技术带回了山东半岛，促进了齐国、鲁国经济的繁荣发展（《管子》记载："桓公五年，北伐山戎，得冬葱与戎菽，布之天下"）。战国时期，以蓟为都的燕国，曾把大将秦开作为人质经过十八盘梁送到东胡，秦开利用东胡人的信任和对风土人情的了解，回到燕国后率领燕军大破东胡，把燕国的疆域向北推了上千里。汉朝"飞将军"李广奉汉武帝之命，过十八盘梁弥节（巡视途中停留）白檀（今滦平县小城子），把匈奴驱逐于燕山以北，又任右北平郡守，保障了京城长安东北边防的安宁。唐玄宗李隆基派名将薛仁贵之子薛讷过十八盘隘口征伐奚和契丹，结果六万唐军中了契丹埋伏葬身滦河。为报此仇，唐开元二十年（732 年），唐玄宗再派宗室皇兄信安郡王李祎率军过十八盘讨伐奚人，在今滦平、隆化境内打了大胜仗。此战，十八盘又多了一个称谓"德胜岭"，以示庆贺和表功。后梁龙德元年（921 年）十月，契丹皇帝耶律阿保机率军过十八盘梁从古北口攻占檀州（今密云）、顺州（今顺义）等十余城，给南出燕山、进军中原扫平了道路。之后，宋辽两国进入时而和好、时而交恶时期。直至 1004 年秋，辽圣宗耶律隆绪与其母后萧绰（燕燕）率 20 万大军经十八盘梁南下，目标直指宋朝都城开封。一路征杀到了河南濮阳，但由于宋太宗在寇准力主下亲临濮阳城督战，加之辽国前线主将萧挞凛中弩身亡，才与宋朝签订了"澶渊之盟"。此后，两国使节往来不断。宋朝的路振（1008 年）、王曾（1013 年）、薛映和张士逊（1016 年）、宋祁（1036 年）、韩琦（1039 年）、富弼（1040 年和 1042 年）、包拯（1045 年）、欧阳修（1055 年）、王安石（1063 年）、苏颂（1068

年和 1077 年）、沈括（1075 年）、蔡京（1083 年）、苏辙（1089 年）、高俅（1105 年）、童贯（1111 年）等达官显贵 696 人次都曾经十八盘出使辽国。东北女真人崛起并建立金国之后，宋金南北夹击联合破辽。1121 年，金大将尹希过十八盘破辽兵于古北口。第二年，金国攻取辽南京（今北京），虽一度将燕山以南的一部分地区送归宋朝，但最终还是把今北京作为了金中都大兴府，而十八盘一直作为金上京会宁府（哈尔滨阿城）、北京大定府（赤峰市宁城）到金中都大兴府的主要通道。元朝立国后，忽必烈觊觎中原，终于经十八盘、古北口，把北京作为大都纳入了自己的版图。明朝洪武元年（1368 年），征虏大将军徐达、副将常遇春攻下元大都北京。两年后，朱元璋养子、开国第三名将李文忠又率军过十八盘攻占宜兴州（今滦平小城子），活捉元守将江文清，兴州以南改为明朝的卫地。1403 年燕王朱棣称帝之后，为了抵御残元势力的袭扰，开始了"燕王扫北"，并于 1421 年迁都北京。为确保首都安全，把长城以北划为"瓯脱地"（蒙语：无人区），长城以北的原住民被迁长城以南地区，只派 15 万军队沿长城一线为主驻守。明嘉靖二十九年（1550 年），蒙古鞑靼部俺答汗经古北口潮河以西的黄榆沟拆长城而入进军北京，兵临城下，发生了震惊朝野的"庚戌之变"，抢掠八日又从古北口、十八盘退走，直到 1567 年戚继光任蓟镇总兵，才稳定了长城以北的局势。清朝入关后，十八盘又成了一条军机要道和皇家御道。康熙皇帝曾 34 次从十八盘到围场木兰秋狝，并在十八盘南麓"舍里乌朱"（塞外第一泉）住宿 14 次 16 天。在这里，接见了琉球国的特使，指挥平息了噶尔丹叛乱，接到了中俄雅克萨大战的捷报。1933 年，爆发了震惊中外的长城抗战，十八盘作为中国军队和义勇军守卫的重要方向之一，由东北军 620 团一部和 200 名义勇军守卫。义勇军在这里创造了"一枪毙六敌"的传奇战例。1941 年，

古道雄关十八盘

著名抗日英雄白乙化率领的八路军挺进军第十团独立游击大队，在袁水大队长的带领下经十八盘梁袭击了日军的火斗山火车站，有力打击了日军的嚣张气焰。1938年，随着平（北京）承（德）新路段拉海梁的开通，十八盘梁才退出了"国道"的舞台。

——横向上刨根问底。 十八盘所在地的滦平县，古驿道边、伊逊河流域出土的石雕女神像（被考古界誉为东方维纳斯）表明，滦平6800年前就有人类居住，曾历经山戎、奚、东胡、匈奴、乌桓、鲜卑、契丹、鞑靼等历史变迁。

具有古老的山戎文化。 山戎是中国古代北方地区最强大的少数民族，起源于陕西、甘肃西北山地，马家窑文化是山戎的祖先。据《史记·匈奴列传》记载："唐虞以上有山戎、猃狁、荤粥，居于北蛮。"说明在唐尧、虞舜时期就已有山戎。商周时期东迁至伊逊河、兴州河、滦河、潮河、白河、洋河、桑干河流域，即军都山、燕山、七老图山的丘陵地带，包括现在的河北张家口、承德、唐山东北部、天津的蓟县、北京的延庆、怀柔、密云、平谷，以及辽宁西部和内蒙古东南部。春秋时期，山戎达到鼎盛，长期与中原的燕、赵、齐、鲁、郑等诸侯国角逐。齐桓公打着"尊王攘夷"的旗号北伐山戎后，使其一蹶不振逐渐衰落，到战国末期基本销声匿迹，退出了历史舞台。山戎属土著民族，以蛙为图腾，无文字可考。滦平是中国最早的山戎文化发现地，是于1976年秋季从83座古墓中发现的。1977年12月9日，参与发掘的河北考古专家郑少宗在《光明日报》上发表了《河北滦平发现山戎族墓群》，轰动了考古界。滦平发现的山戎文化最早在西周中晚期，在滦平生活达700年之久。滦平斥资1.3亿元在县城北山建设了全国首家以代表性文物蛙面蹲坐石人为园标的山戎文化主题公园和博物馆。需要指出的是，当年山戎袭扰燕国、齐国，以及齐桓公剿灭山戎，十八盘都是重要的运兵和辎重通道。

具有悠久的驿道文化。十八盘宋辽古驿道的遗迹保留是滦平的一个历史性贡献。这条古驿道，上下近3000年，承载着中华民族厚重的历史。特别是宋辽澶渊之盟以后，宋辽使臣往来不绝，留下了许多不朽的诗篇。王安石1063年出使辽国路经十八盘时，曾赋《入塞》诗一首："荒云凉雨水悠悠，鞍马东西鼓吹休。尚有燕人数行泪，回身却望塞南流。"在宋朝仁宗、英宗、神宗、哲宗、徽宗五朝任重臣的宰相苏颂曾于1068年、1077年两次出使辽国，也曾赋诗《过摘星岭》："路无斥堠惟看日，岭近云霄可摘星。握节偶来观国俗，汉家恩厚一方宁。"

具有特殊的御道文化。滦平位于承德市西南部，处于京、津、辽、蒙的交会点，素有北京北大门之称，是通往承德以及沟通京津辽蒙的交通要冲。十八盘梁是清朝初期皇帝赴围场木兰秋狝的主要通道，康熙四十一年（1703年），又建设了南出古北口、经过巴克什营、两间房、鞍子岭北达承德的另一条御道，清朝在滦平有包括十八盘梁在内的古御道5条，行宫8处，皇庄24座。还有沿潮河流域、小十八盘等十八条便道，康熙、乾隆、嘉庆、咸丰4位皇帝从这些道路往返230次。乾隆七年（1742年）设喀喇河屯厅，乾隆四十三年(1778年)，改称滦平县，取"滦河无水患，百姓得平安"之意。

具有雄秀的长城文化。滦平的长城在燕国时期就有了，到了汉代，在中部修了土石长城（即北李营长城），到了北齐年间，又在现在的京冀分界线建了石长城。到了明朝，滦平的长城建设达到了巅峰。这就是闻名中外的金山岭长城，是民族英雄戚继光担任蓟镇总兵时亲自设计监督、其弟戚继美等将领带领戚家军（浙江兵）、北京兵、河北兵、江苏兵、江西兵、山东兵、宁夏兵等，在北齐长城和徐达复建的长城

古道雄关十八盘

基础上续建、改建的。障墙、文字砖和挡马墙是金山岭长城的三绝，更有麒麟影壁、将军楼、望京楼雄踞山峦，固若金汤，可谓"一夫当关，万夫莫开"，素有"万里长城、金山雄秀"之美誉。现存的金山岭东段长城10.5公里（不含涝洼长城），沿线设有关隘5处，敌楼67座，烽燧3座。因其依山设险、凭水置塞、视野开阔、敌楼密集、景观奇特、建筑艺术精美、军事防御体系完备而著称于世。特别是将军楼南侧的青砖青瓦平房，是戚继光当年的"官邸"，素有"万里长城唯一房"之称。

具有传奇的红色文化。"起来，不愿做奴隶的人们，把我们的血肉筑成我们新的长城……"这首由田汉作词、聂耳作曲诞生于1935年的电影《风云儿女》的主题歌《义勇军进行曲》，策源地就在古北口、滦平抗战前线。发生于1933年3—5月的古北口长城抗战的两个前沿战场都在滦平。一个在清朝京承古御道上的青石梁，在这里打响了古北口长城抗战的第一枪；另一个就是宋辽古驿道的十八盘梁，在这里义勇军创造了"一枪毙六敌"的传奇战例。聂耳曾经过这里亲赴热河敖汉旗等地慰问抗日义勇军，田汉创作《风云儿女》时，曾以古北口、青石梁抗战为背景采访过抗日义勇军，并协助摄影师张慧冲和张惠民拍摄了战地纪录片《热河血泪史》。所以，滦平古驿道、御道都是《义勇军进行曲》的重要策源地。

具有厚重的移民文化。滦平是中国十大寻根问祖圣地之一。明朝建立后，为防止北元残余势力和鞑靼的南侵，把长城以北划为了"瓯脱地"（蒙语：无人区），由政府组织，把几十万原著居民从十八盘古驿道悉数迁往北京、天津、廊坊、保定、衡水、沧州等地；而到了清朝，滦平又成了移民的重要接收地。所以，滦平又有"过了十八盘，就到祖籍地；到了十八盘，就到新故乡"之说。

具有独特的普通话文化。"普通话"一词在清末已经出现，是由古代"雅言"演变而来。清廷 1909 年规定北京官话为"国语",辛亥革命后,瞿秋白等也曾提出"普通话"的说法,他在二十世纪三十年代发表的《鬼门关外的战争》一文中提出:"文学革命的任务,绝不止创造出一些新式的诗歌小说和戏剧,它应当替中国建立现代的普通话的文腔。"1949 年新中国成立,中央政府确定现代标准汉语由"国语"改称普通话。现在的普通话是以北京语音为标准音,以北方话(官话)为基础方言,以典范的现代白话文著作为语法规范的现代标准汉语。由于滦平处于北京、承德之间,清朝年间,以宋辽古驿道和京承古御道为轴线,分布着 8 处行宫,还有内务府直管的皇庄 24 座,王庄、旗庄 130 多座,这些"户外庄田"是清廷形成的新的贵族区,这些贵族区使用的语言与清政府推行的北京雅音(官话)同步,且不受其他语音的掺杂干扰,一直比较纯净地保持下来。1953 年国家语言专家专程到滦平组织了标准语音采集,十八盘梁脚下的小山村,就是当年重要的采集地之一。专家们认定:滦平话与北京话虽属北方话的同一个语系,但没有儿化音,比北京话更纯净,更字正腔圆,更适宜做官方语言,遂以滦平话制定了读音标准,1955 年向全国推广,所以滦平被全国公认为普通话之乡,成为独具魅力的文化名片。

具有丰富的旅游资源。滦平是北京的北部花园,是京、津的重要水源地。围绕十八盘古驿道,分布着潮河、伊逊河、兴州河、滦河等重要河流,以及潮里河等一些支流。这里春夏秋是绿水青山,冬天是冰天雪地。这些都是适于旅游的"金山银山"。此外,在十八盘古驿道南端,还有 1.34 亿年前的古生物化石群及博物馆;在大东沟自然村,有河北省委原书记叶连松题写馆名、全国唯一的宋辽古驿道博物馆;有战国时期、汉代、辽代建筑及古窑遗址;有被称为燕山第一柏的古崖柏——九龙柏。据传,宋代工部尚书宋祁 1036 年出使辽国时,

古道雄关十八盘

曾亲自赋诗赞颂这棵千年古柏："昔托孤根百仞溪，何年移植对芳蹊。云岩烈麝相思久，怅望清香未满脐。"宋祁一生酷爱柏树，逝世前曾叮嘱"坟上植五株柏，坟高三尺""若等不可违命"。这些丰厚的地理、植物、人文资源都是大有开发价值的旅游资源。2018年10月20日和28日，河北省体育局和承德市体育局分别依托古驿道组织了京津冀千人登山大会和马拉松体验赛活动，向世人展示了深秋季节十八盘古驿道的风采。

——**厚度上重点扩展**。宋辽古驿道在华夏民族与狄夷民族的交往、东北草原丝绸之路的通畅、游牧民族与农耕民族的物资交流，以及皇帝和达官贵人的出巡出游等方面都发挥了非常独特的作用，留下了辉煌的篇章。

促进了华夏民族与其他民族的大融合。历史上，以中原为根据地的华夏民族和分布在燕山以北的其他民族就征战不断，分分合合。虽然齐桓公剿灭山戎、李广征讨匈奴、李祎驱剿奚和契丹均大获全胜，但民族之间的隔阂却没有消除。直到澶渊之盟以后，燕山南北才真正连成一片，逐步形成了你中有我我中有你的局面，民族间的心理逐步趋同，情感逐步交融，相处逐步和谐。在当时没有其他手段的情况下，依托道路是唯一的方式，所以，宋辽古驿道的最大贡献就是促进了中华民族的大融合。

带来了中华民族文化空前的兴盛。文化兴盛是一个国家和民族兴盛的主要标志，世界上最根本的传承不是物质而是文化。宋辽结盟之后，两国官员、史臣和文人墨客相互往来不断，不仅把宋朝的先进文化输送到了辽国，使辽国高层和臣民对汉文化有了高度的文化认同，也使宋朝受到了辽国热情好客的人文熏陶（这从出使辽国的使臣撰写的游记、诗歌中可以得到佐证），使中华民族进入了空前的文化大兴盛时期（唐宋八大家，宋朝就有六位）。因此，十八盘梁不仅是一条驿道，更是一条文化兴盛之路。

承载了中华民族经济的大繁荣。澶渊之盟后，宋辽从连年战争转向了和平建设时期，两国的农业、手工业、商业都得到了较快发展，到神宗熙宁年间，都已经相当富饶。宋朝的陶瓷、纺织品闻名于世，畅销国外；火药、指南针、活字印刷等科学技术使对外贸易空前繁荣，城市和集镇大量出现，并产生了世界上最早的纸币，有了专营的商铺、剧场等。辽国的牲畜（军马除外）、皮革、草药等也源源不断经过十八盘运往中原。到北宋末期，虽然朝廷腐败，但由于一百多年的快速发展，城市的繁华还是不减当年，宋徽宗时期宫廷著名画家张择端历时十年创作的传世之作《清明上河图》就描绘了宋都汴梁（开封）的繁荣景况。而十八盘古驿道就搭建起了宋辽经济往来的桥梁和纽带。

见证了中原民族和北方游牧民族的民间大交融。澶渊之盟后，宋辽两国剑拔弩张的局面戛然而止。两国在接壤的河北雄州（雄县）、霸州、徐水、新城（高碑店）设立四处边贸通商互市——榷场，双方都设立了专门的管理部门，就此展开了两国高层和民间的经贸往来。虽然两国政府规定一些用于战争的敏感物资不能贸易（如辽国的战马、战车，宋朝的硫黄、硝、兵器弓箭等），但由于燕云十六州历史上与中原民族的同祖同根，再加上汉族精英大量进入辽国各级政权内部，使榷场外的走私贸易以民间往来的形式异常活跃，特别是宋朝利用对辽国出口的巨大贸易顺差，在掌控了辽国经济命脉的同时，还通过各种渠道引进了大批战马，改变了骑兵不强的尴尬局面，为灭辽抗金积蓄了战争资源。同时，大量的中原书籍流入辽国，不仅对辽国百姓的文化提高具有重要促进作用，还大大增强了两国的文化认同和感情认同，有力地促进了华夏大一统的进程。

古道雄关十八盘

——未来任重道远。宋辽古驿道的保护与其他历史文化遗产保护一样，既具有重要的潜在历史价值，又面临许多的实际问题和挑战。

对于弘扬优秀历史文化、增强文化自信、建设美丽家园、促进农民脱贫致富奔小康都具有重要意义。一处重要的文化遗址，就是一张历史的名片。把它挖掘好、保护好、开发好、利用好，不仅是对历史和先辈负责，对中华民族的优秀传统文化负责，更是对未来和后代负责，对党和人民负责。由于这条古驿道蕴藏着丰厚的人文、地理、植物和旅游资源，就应该下功夫挖掘保护和开发利用，并以这种"古为今用"的方式促进当地的经济社会发展，使这一方土地的人民群众早日走出贫困，同步进入小康的行列，这不仅是当地党委政府的重要责任，也是所有我们这些当今不在家乡土里刨食却生于斯长于斯的人的历史责任。从这个意义上讲，我目前做的工作还仅仅是万里长征的第一步。但只要方向对了，激情有了，再加上科学论证规划，各方齐心协力，就会一步一个脚印地走下去，直到迎来重现往日辉煌的曙光。

需要处理好各方面的关系，尤其需要地方党委政府的高度重视和大力支持。两年多来，我的家人、广大父老乡亲对我的工作都给予很大的理解和支持，尤其是承德市、滦平县、火斗山镇、边营村的各位领导，以及北京和滦平的有为企业家更是给予了大量有力的帮助。如果没有这些支持和帮助，我将寸步难行，所以在此表示最真诚的感谢！但实事求是地讲，现在的挖掘和利用程度与这条古驿道的真正价值还相差甚远。一要持续用力。历史文化的挖掘开发，不是一朝一夕的事情，梦想一铁锨挖一口井是不现实的，要"下绣花针功夫"。搞一个景点或景观，一定要有历史的依据，不能无中生有和凭空捏造。要本着对历史负责、对先辈负责、对未来负责的精神来规划和打造。二要统一思想认识。搞文化设施建设，不像农民种地那样能春种秋收，更不是一镐就刨出个金娃娃。有时投入和产出是不成正比的。一定要从长远出发，发扬奉献精神，抛却私心杂念，不搞急功近利，更不能搞"豆腐渣工程"，以"今天的栽树是为了后来者的乘凉"的胸怀来打造。三要处理好各种关系。要处理好保护绿水青山与设施建设的关系，任何设施的建设都不能带来生态的破坏；要处理好"戴帽子"与"搞开发"的关系，戴上了古迹保护的帽子，不是对科学合理开发的限制，但它是对违背规律、搞野蛮开发的一种制约。从古今中外的历史教训看，这种制约是必要的，也是对文物和自然生态以及政治生态的一种保护；要处理好上级帮与自己干的关系。搞传统文化发掘，靠单打独斗是不行的，一定要依靠地方政府。同时，地方政府也要帮助解决一些下级无法解决的政策、资金、土地等问题。但"一方水土养一方人"，这一方水土也需要这一方人来建设，就是我们工作、生活在这块土地上，就要为这块土地发出光和热，这样，才能无愧于前辈，无愧于后人。

在这里，要衷心感谢世世代代生活在十八盘梁及附近的乡亲们，是他们的精心保护与无私付出，才使这份珍贵的历史遗迹得以留存于世；要衷心感谢河北省委原书记叶连松同志，能在百忙之中为本书题写书名；要衷心感谢臧文清、周为民将军，是他们对家乡的深深怀恋才拨冗为本书题词作序；要衷心感谢汪贵、李春秋、邓秀军、袁舒森、刘国春、杨芳（插图）以及所有作者同志，是他们的辛勤劳动才使本书能汇集成册；要衷心感谢滦平籍企业家司铁山、吕之文、梁保祥、王志强、耿钰，是他们的大力支持才使本书得以出版发行；要衷心感谢老战友冯献省处长和北京燕山出版社的领导、责任编辑王月佳同志，是他们的精准把关才使本书呈现在广大读者面前！

最后，以一首拙作表述一下自己几年学习探索的体会吧：

古道雄关十八盘

十八盘——永恒的辙轮

你从远古走来
眼神中俯瞰着华夏大地
臂膀中护佑着众生安宁
脏腑中蕴藏着海底生物
脊背上攀爬着亿年恐龙
啊
这是一条神往之路

你从尧舜走来
能征善战古老民族山戎
始于唐虞之治商周东征
逐水而居渔猎强悍身躯
人身蛙面乃崇拜之图腾
啊
这是一条古老之路

你从商朝走来
妇好征土方跋涉统精兵
嵌下第一位女将军足影
武力赢得一个臣服民族
迫外夷为武丁王朝纳贡
啊
这是一条降伏之路

你从战国走来
为显国力强大抱打不平
齐桓公越渤海征剿山戎
破孤竹残令支凯旋班师
掳回戎菽冬葱齐鲁扬名
啊
这是一条富庶之路

你从大汉走来
飞将军李广弥节白檀行
完成汉武帝赋神圣使命
把匈奴驱逐于蓟燕之北
佑护右北平数十载安宁
啊
这是一条戍边之路

你从隋唐走来
为保盛唐东北部之安定
李祎大败奚族捷报奏宫
雪耻薛讷折滦河六万兵
德胜岭天下再次传美名
啊
这是一条险峻之路

▌古道雄关十八盘

你从上京走来
彪悍契丹觊觎中原一统
不囿四季捺钵水草虫鸣

耶律阿保机跃马出燕山
檀州顺州悉数收入囊中
啊
这是一条征战之路

你从澶渊走来
母子大军南下剑指开封
澶州城下缔结友好之盟
两国使臣穿梭往来盘岭
开启华夏百年盛世征程
啊
这是一条和平之路

你从阿城走来
宋金联盟打破辽宋宁静
金大将尹希剑指南京城
徽钦二帝含辱掳至金巢
靖康之耻终将北宋葬送
啊

这是一条多舛之路

你从草原走来
忽必烈虎视眈眈中原境
铁骑狂飙南下石破天惊
华夏大地再燃战争硝烟
拿下燕京扩建元大都城
啊
这是一条征服之路

你从中原走来
朱元璋建都应天又北攻
宜兴建卫地虎将李文忠
燕王扫北遂迁都于北京
戚继光抗倭再筑新长城
啊
这是一条强固之路

你从京师走来
清廷木兰秋狝途之必经
康熙三十四次攀越巅峰
十六夜仰望摘星岭星空
第一次与沙俄界约签订
啊
这是一条辉煌之路

古道雄关十八盘

你从辽西走来
两千义勇军血洒古长城
一枪毙六敌又扬新美名
冒着敌人的炮火前进进
《义勇军进行曲》响彻寰宇
啊
　这是一条英雄之路

你从历史走来
五千年风蚀未把你湮没
浩荡车马大军旌旗前行
至今仍诉说着往日辉煌
深深的辙印映衬着奇功
啊
　这是一条神奇之路

你从现实走来
万万千千子孙靠你哺育
优秀传统文化靠你提升
荡涤一切愚昧暴戾落后
万众一心携手并肩前行
啊
　这是一条振兴之路

你向未来走去
华夏腾飞有你独特功勋
燕赵大地见证展翅翔空
向着民族强盛劈波斩浪
复兴曙光愿景无限光明
啊
这是一条希望之路

古老的山戎文化为你传唱
悠久的驿道文化为你传承
厚重的移民文化为你怅望
深厚的御路文化为你赞颂
传奇的红色文化为你塑碑
独特的抡花文化为你继承
雄秀的长城文化为你骄傲
丰富的旅游文化为你远行
质朴的滦平人民为你歌唱
清纯普通话文化为你扬名
啊
美丽家乡十八盘英名永恒

古道雄关十八盘

附：

1. 妇好，中国历史上有据可查（甲骨文）的第一位杰出女政治家和军事统帅，是商王武丁的妻子，曾指挥对土方、巴方、夷方等方国的作战并取胜，备受武丁恩宠，她的墓于1976年在河南安阳殷墟被发现。

2. 战国时期，前681年，齐桓公应燕国请求赴燕山腹地征剿山戎，破孤竹国、令支国，并带戎菽、冬葱回齐国。《管子》中记载："桓公五年，北伐山戎，得冬葱与戎菽，布之天下"。

3. 唐开元二年（即714年），唐朝开国名将薛仁贵之子薛讷奉武则天之命越檀州（今密云）、十八盘征讨契丹，6万兵马在滦河遭契丹攻击，薛讷仅带数十骑突围得免。唐开元二十年（732年），唐玄宗宗室李祎过十八盘讨伐奚人大获全胜，"德胜岭"始名。

4. 1004年秋，萧太后与儿子辽圣宗亲率20万大军越十八盘南下，一路攻至澶州城下（河南濮阳），与宋朝签订了"澶渊之盟"，带来了中华民族120年的和平。

5. 康熙曾34次过十八盘木兰秋狝，在十八盘附近住18天。在这里，康熙曾接见了琉球国特使、指挥平息了噶尔丹叛乱、接到了中俄雅克萨大战的捷报，于康熙二十八年七月二十四日（1689年9月7日）批准签订了《中俄尼布楚条约》，这是中华历史上第一次以近代主权国家"中国"的身份登上国际舞台。

6. 1933年3月，爆发了著名的"长城抗战"，十八盘作为古北口长城抗战的前沿战场，由东北军620团一部和200名义勇军守卫，义勇军在十八盘诱使日军飞机投弹炸死六名日军，创造了"一枪毙六敌"的传奇。